W0205752

SV

Hans-Ulrich Treichel

TAGESANBRUCH

Erzählung

Suhrkamp

Erste Auflage 2016
© Suhrkamp Verlag Berlin 2016
Alle Rechte vorbehalten,
insbesondere das der Übersetzung,
des öffentlichen Vortrags sowie der Übertragung
durch Rundfunk und Fernsehen, auch einzelner Teile.
Kein Teil des Werkes darf in irgendeiner Form
(durch Fotografie, Mikrofilm oder andere Verfahren)
ohne schriftliche Genehmigung des Verlages
reproduziert oder unter Verwendung
elektronischer Systeme verarbeitet, vervielfältigt
oder verbreitet werden.
Satz: Greiner & Reichel, Köln
Druck und Bindung: Pustet, Regensburg
Printed in Germany
ISBN 978-3-518-42525-1

TAGESANBRUCH

I.

DER AUGUST WAR IMMER unser liebster Monat. Du wurdest im August geboren, du warst ein Sommerkind, ein Hitzekind. Im August fühltest du dich am wohlsten. Wenn ich es recht bedenke, war der Sommer die einzige Zeit, in der du nicht gefröstelt hast. Ansonsten war dir meistens kalt. Im Herbst, im Winter, im Frühjahr, immer war dir zu kalt, immer hast du gefröstelt, und immer wolltest du, dass ich noch mehr heize, als ich es eh schon tat. Was mit einer Zentralheizung kein Problem ist. Ich drehe am Regler, stelle von eins auf zwei oder von zwei auf drei, und schon wird es wärmer. So wie es ja auch in den letzten Monaten kein Problem war, da habe ich durchgeheizt, dir zuliebe, dem Kranken zuliebe, und fast immer auf drei, den ganzen Sommer hindurch und bis heute Nacht, bis ich dich hochgehoben und auf meinen Schoß gezogen habe, wo du immer noch liegst. Es machte mir keine Mühe, so leicht wie du bist. Federleicht. Ein Fliegengewicht. Nur dein Kopf ist schwer. So schwer, dass ich ihn halten muss, so wie ich es früher auch getan habe, um dir zu trinken zu geben. Und wie du getrunken hast! Du warst ein durstiges Kind, konntest manchmal gar nicht genug bekommen. Und ich war eine gute Mutter. So gut eine Mutter eben sein kann.

Ich habe immer geheizt, auch zu den Zeiten, als es noch keine Zentralheizung und auch keinen Regler gab, den ich einfach von eins auf zwei oder von zwei auf drei hätte stellen können. Ich habe an keinem Regler gedreht, sondern eine Schaufel Kohle in den Ofen geworfen und manchmal auch ein Brikett, je nachdem, ob ich den Küchenherd geheizt habe oder den Kachelofen im Wohnzimmer. Der Küchenherd wurde mit Kohlen geheizt, am besten mit Eierkohlen. Der Kachelofen mit Briketts. Der Küchenherd war immer warm, er diente zum Kochen und zum Heizen, wogegen der Kachelofen meistens kalt blieb. Die Briketts haben wir uns gespart. Wer hat schon Zeit gehabt damals, im Wohnzimmer herumzusitzen. Wir jedenfalls nicht. Ich nicht und dein Vater auch nicht. Wir mussten uns um das Geschäft kümmern.

Als das Geschäft florierte, habe ich abends und oft auch am Wochenende im Wohnzimmer die Buchführung gemacht. Aber ohne zu heizen, wenn irgend möglich. Am runden Tisch habe ich gearbeitet. Am Kaffeetisch, an dem wir nur sonntags Kaffee getrunken haben und nur, wenn Besuch kam. Ansonsten war es der Tisch für die Buchführung. Ich habe die schöne gestickte Tischdecke heruntergenommen, die Geschäftsunterlagen vor mir ausgebreitet und die Buchführung gemacht. Dein Vater mit seiner Prothese konnte sie ja nicht machen. Zumal es der rechte Arm war, der ihm fehlte. Und damit seine Schreibhand. Gelegentlich schrieb er mit links, aber zumeist nur Unterschriften, die ungelenk und kindlich aussahen. Wie Schönschrift. Aber wie unschöne Schönschrift. Das war alles kein Vergnügen, deinen Vater so zu sehen.

Vom An- und Auskleiden will ich gar nicht sprechen. Habe ich auch nie gesprochen. Man muss nicht alles mit seinen Kindern bereden. Obwohl es ganz normal ist, dass eine Frau ihrem versehrten Mann beim An- und Auskleiden hilft. Wie sollte er sich mit einer Hand die Hose zuknöpfen? Oder die Gürtelschnalle schließen? Die Schnürsenkel knoten? Nahezu unmöglich. Oder das Korsett. Irgendwann musste dein Vater ein Korsett tragen. Der Rücken, der Bauch, alles musste mit Hilfe des Korsetts gestützt und gehalten werden. Als ob der fehlende Arm auch den Rücken und den Bauch aus dem Gleichgewicht gebracht hätte. Was ja durchaus möglich ist, dass sich Balanceprobleme einstellen, wenn einem der rechte Arm fehlt. Dann kippt der Körper nach links, und dieses Kippen versucht man auszugleichen. Mit dem Rücken oder auch dem Bauch. Oder mit einer Prothese. An die sich dein Vater erst gewöhnen musste.

An das Korsett musste er sich nicht gewöhnen, damit fühlte er sich schon vom ersten Tag an wohl. Obwohl es wahrlich kein schönes Kleidungsstück ist, so ein Korsett. So ein Männerkorsett. Bei Frauen ist das etwas anderes, da gibt es die schönsten Korsetts, die man sich denken kann. Schwarze Korsetts, weiße, Korsetts in Bleu und in Rosé, seidig schimmernde. Die Männerkorsetts sind dagegen allesamt fleischfarben. Gelblich.

Bräunlich. Mit diesen beinahe fingerdicken Korsettstangen aus Fischgräten. Bereits im fabrikneuen Zustand sehen sie schmuddelig aus. Als würden die Schweißflecken gleich mitgeliefert.

Aber hilfreich ist so ein Korsett trotzdem, es hat deinem Vater Haltung verliehen und ein sicheres Auftreten. Trotz seiner Gewichtsprobleme. Der junge schlanke Mann, der er vor dem Krieg gewesen war, war er nach dem Krieg nicht mehr. Allenfalls noch in der ersten Zeit. Es gab ja nichts zu essen. Aber später, als das Geschäft florierte, da wurde er übergewichtig. Einarmig und übergewichtig. Kein schöner Zustand. Aber trotzdem stattlich. Ein stattlicher Mann, der sich zu kleiden verstand. Der niemals ohne Krawatte und Hut aus dem Haus ging. Dann war ich stolz auf deinen Vater, so mit Krawatte und Hut und den schweren, schwarzen und doch auch eleganten Lederschuhen. Mehr als stolz. Aber davon weißt du nichts. Nichts vom Stolz und nichts von der Liebe. Dass dein Vater einarmig war, übergewichtig und ein Korsett trug, hat meiner Liebe zu ihm keinen Abbruch getan. Auch der körperlichen Liebe nicht. Jetzt kann ich es dir ja sagen. Wir waren allerdings nicht immer fähig dazu. Aus verschiedenen Gründen, worüber ich aber nicht reden möchte. Man muss nicht alles bereden. Schon gar nicht mit dem eigenen Kind, dessen Kopf auf meiner Brust liegt und dessen Stirn ich spüre. Es gibt Dinge, die verschweigt man sogar den Toten.

*

Das kalte Wohnzimmer war mein Revier und mein Refugium. Hier hatte ich Ruhe. Hier breitete ich die Geschäftspapiere aus und machte die Buchführung. Hier ließen sich allerdings auch alle paar Jahre die beiden Steuerprüfer vom Finanzamt nieder. Die saßen dann tagelang in unserem Wohnzimmer am runden Tisch und prüften, ob meine Buchführung korrekt war. Wenn die Steuerprüfer kamen, dann heizte ich das Wohnzimmer. Im Sommer wäre es auch ohne Heizen gegangen. Aber die Steuerprüfer kamen entweder im Frühjahr oder im Herbst. Beides kalte Jahreszeiten. Zumindest in unserem Wohnzimmer, das ohnehin immer ein wenig zu kühl war. Nordseite. Die Steuerprüfer sollten es warm haben und sich wohl fühlen. Ich servierte ihnen auch Kaffee, den sie immer mit abwehrenden Gesten und einem »Aber das ist doch nicht nötig« akzeptierten. Gern auch eine zweite Kanne. Kuchen bot ich ihnen keinen an. Das hätte wie Bestechung ausgesehen. Ich kann mir aber vorstellen, dass sie auch den Kuchen mit einem abwehrenden »Aber das ist doch nicht nötig« angenommen hätten. Um sich dann bestochen zu fühlen und eine umso strengere Prüfung vorzunehmen, mit der sie ihre Unbestechlichkeit demonstrierten. Also lieber keinen Kuchen.

Was ja auch funktionierte. Nur ein einziges Mal hatten sie Fehler in der Buchführung gefunden, und wir wurden zu einer Nachzahlung aufgefordert. Einer sehr hohen allerdings. Viele tausend Mark. Sehr viele tausend Mark. Deinen Vater hat diese Nachzahlung fast umgebracht. Sein Herz. Seit der Nachzahlung war er herzkrank. Wahrscheinlich war er es schon vorher gewesen. Aber bis dahin hatte er es nicht gemerkt. Schließlich war sein Übergewicht ebenfalls nicht gut für sein Herz. Und auch der Diabetes nicht. Dein Vater hatte schon früh Diabetes. Alles in allem muss ich sagen, dass sein ganzes Leben nicht gut für sein Herz gewesen ist. Nicht der Krieg, nicht die Vertreibung, nicht das Übergewicht, nicht der Diabetes, nicht das Geschäft, nicht die Steuernachzahlung, gar nichts. Und alles andere, von dem ich dir nie etwas erzählt habe, ebenfalls nicht. Was das war? Man muss nicht alles mit seinen Kindern bereden. Man muss auch schweigen können. Aber es hätte ihn fast umgebracht. Ihn und mich. Jetzt kann ich es dir ja sagen. Jetzt, wo du hier, an diesem heraufdämmernden Spätsommertag, bei mir ruhst und deine Stirn meine Brust kühlt.

Es ist schon wieder ein wenig heller geworden draußen. Die Vögel machen sich bemerkbar, die Vögel sind hochempfindlich, sie wissen ganz genau, wann die Dämmerung einsetzt und sie mit ihrem Gesang dran sind. Einige schon sehr früh, lange vor Sonnenaufgang, die Drossel zum Beispiel. Nach der Drossel kann man die Uhr stellen. Jetzt singt die Drossel, und eine Stunde später geht die Sonne auf.

Was wären wir ohne die Tiere. Dein Vater konnte ganz närrisch werden vor lauter Liebe zum Tier. Auch wenn er es nicht immer gezeigt hat. Er war schließlich ein Bauer, bevor er ein Geschäftsmann wurde. Erst liebt der Bauer sein Tier, und dann schlachtet er es. Das war vor dem Krieg, dass dein Vater ein Bauer war. Auf dem Hof seiner Eltern. In Wolhynien. Und später in Polen, als Verwalter. Da waren seine Eltern, was deine Großeltern sind, schon nicht mehr dabei. Da hatte dein Vater schon seinen rechten Arm verloren und dafür einen Bauernhof bekommen, als Ersatz sozusagen. Einen polnischen Bauernhof. Die warme Milch der Polen stand noch auf dem Herd, hat er später einmal gesagt. Das hat ihn bewegt, das habe ich gemerkt. Dann hat er nie wieder darüber gesprochen.

Es gab ja auch nichts zu reden. Ich wusste ohnehin alles, den ganzen Schrecken. Den der anderen und unseren. Das haben wir dir alles nicht erzählt, zumindest nicht im Einzelnen, man muss nicht alles mit seinen Kindern bereden. Man kann auch nicht alles erklären. Man kann nicht nur seinen Kindern nicht alles erklären, man kann auch sich selbst nicht alles erklären. Das Schlimme ohnehin nicht. Aber das weniger Schlimme manchmal auch nicht. Selbst das mit Wolhynien und mit Polen. Das hätte ich eigentlich nachlesen müssen in den Geschichtsbüchern. Das hätte auch dein Vater nachlesen müssen.

Der Geburtsort deines Vaters hieß Rozyszcze. Und meiner Remki. Remki und Rozyszcze stehen nicht in den Geschichtsbüchern, wir sind kein Fall für die Geschichtsbücher. Das Beste ist, still zu sein. Unsere Eltern hätten es uns vielleicht erklären können, warum wir dort geboren wurden, wo wir geboren sind. Aber sie wussten es wohl selbst nicht so genau. Sie waren ja keine studierten Leute. Sie lebten dort, wo sie lebten. Sie hatten ihre Sache auf Gott gestellt. Punktum. In Polen, in Wolhynien, in der Ukraine, in Russland, wo auch immer, hatten sie ihre Sache auf Gott gestellt. Ackerboden ist Ackerboden. Und ihre Eltern wiederum, meine Großeltern und deine Urgroßeltern, hatten ihnen sicher ebenfalls nichts erzählt. Was gab es da auch zu erzählen. Man hatte ein wenig Land, das bestellt werden musste, man arbeitete, um essen zu können, das war alles. Erzählen half nicht. Das Einzige, was half, waren Kühe, die reichlich Milch gaben, ein paar Schweine und eine gute Kartoffelernte.

*

Jetzt singt auch die erste Drossel. Erst singt die Drossel, dann die Amsel und schließlich der Zaunkönig. Wenn der Zaunkönig singt, dauert es nicht mehr lange bis zum Sonnenaufgang. Wenn der Zaunkönig singt, werde ich den Arzt anrufen. Vielleicht warte ich auch noch den Buchfink ab. In meinem Wohnzimmer hängt ein Bild an der Wand, eine Grafik mit dem Titel »Die Vogeluhr«. Ein Geschenk deines Vaters. Der mir ansonsten selten Geschenke gemacht hat. Eigentlich gar nicht. Im Unterschied zur Vorkriegszeit, als er um mich geworben hatte. Da brachte er mir ein Tuch mit oder Parfüm und einmal auch Handschuhe aus feinstem Leder. Daran erinnere ich mich gut, an diese Handschuhe. So etwas gab es in unserem Haushalt nicht. Was sollten wir Kinder auf einem Bauernhof mit feinen Lederhandschuhen anfangen. Auch unsere Mutter hatte keine feinen Handschuhe. Nicht mal für den Kirchgang am Sonntag. Sie trug, wie wir alle, entweder Handschuhe aus Wolle oder Arbeitshandschuhe. Die konnten auch aus Leder sein, aber es war raues und strapazierfähiges Leder. Insofern waren die Handschuhe von deinem Vater die ersten feinen Lederhandschuhe meines Lebens.

Nach dem Krieg haben wir uns keine Geschenke mehr gemacht, was hätten wir uns noch schenken sollen. Uns ist ja das Leben geschenkt worden, erst ist es uns beinahe genommen worden und dann geschenkt. Es war eine Laune. Eine Laune von drei russischen Soldaten. Aber was heißt schon geschenkt, vor die Füße geworfen hat man es uns. Wie Dreck. Unser eigenes Leben.

Aber davon weißt du nichts. Du wusstest noch nicht einmal, dass die Grafik ein Geschenk von deinem Vater war. Nachdem er sie mir geschenkt hatte, lag sie viele Jahre zusammengerollt in einer Papprolle auf dem Kleiderschrank. Ich hatte damals keinen Platz dafür, keinen Platz an der Wand und auch keinen in meinem Herzen. Um es einmal so auszudrücken. Wir hatten alle keinen Platz dafür. Wenn der Tag begann, begannen die Sorgen, da konnten die Vögel so viel singen, wie sie wollten. Und dein Vater hat auch nicht weiter nachgefragt. Ich habe die Grafik aber trotzdem in Ehren gehalten. Viele Jahre in der Papprolle verwahrt und schließlich mit in die neue Wohnung genommen und an die Wand gehängt, in einem Glasrahmen.

In meiner Alterswohnung. Wo ich sehr oft sehr früh aufwache, obwohl ich keinerlei Pflichten mehr habe. Keine Buchführung, kein Wareneingang, keine Auslieferungen, keine Öffnungszeiten des Ladens, keine Kunden, die außerhalb der Öffnungszeiten noch bedient werden wollen und über den Hof ins Haus kommen. Direkt in die Küche. Und keine Steuerprüfer im kalten Wohnzimmer.

Erst hier habe ich zum ersten Mal den Vögeln in der Morgendämmerung gelauscht und mich dabei an der Vogeluhr orientiert. Amsel, Drossel, Fink und Star heißt es im Lied. Auf der Vogeluhr heißt es Amsel, Drossel, Zaunkönig und Buchfink. Und vorab, noch in der Nacht, die Nachtigall. Wenn sie denn singt. Und ganz zum Schluss, was mich immer amüsiert hat, der Sperling. Der Spätaufsteher. Der aber nicht singt, sondern tschilpt. Von der Nachtigall bis zum Sperling sind sie dort allesamt im Kreis angeordnet. Jeder Vogel hat seinen Platz auf der Uhr. Die Vögel wissen ganz genau, wann sie zu singen haben. Die Vögel wissen auch sehr genau, wann sie sterben müssen. Die Tiere überhaupt. Dann suchen sie sich einen ruhigen Platz und sterben. Wenn sie nicht vorher erschlagen, überfahren oder geschlachtet werden.

Damit wollte ich nie etwas zu tun haben, mit dem Schlachten, was ja auf einem Bauernhof gang und gäbe ist. Auch meine Eltern haben geschlachtet, für die Familie und für den Händler, an den sie das Fleisch verkauft haben. Das beste Fleisch ging an den Händler. Am liebsten wäre ich Lehrerin geworden. Deutsch, Geschichte, Musik. Der Mensch weiß nie, wann er sterben muss. Der Mensch stirbt meistens zur Unzeit, du bist auch zur Unzeit gestorben.

Die Grafik mit der Vogeluhr werde ich von der Wand nehmen. Ich brauche sie nicht mehr. Ich habe alles im Kopf. Du hattest immer nur spöttische Bemerkungen für die Vogeluhr übrig und hast mir die Freude daran ein wenig verdorben. Auch vieles andere in meiner kleinen Wohnung, in der ich mein Alter verbringe, nachdem wir das Geschäft verkauft haben, hast du meist nur spöttisch belächelt. Die Gestecke mit den getrockneten Blumen, die Zinnteller, die Vasen und Schalen. Am meisten hast du dich über die Decken und Deckchen lustig gemacht, vor allem die selbstgestickten, die ich über die Sessel- und Sofalehnen gelegt habe. Warum auch nicht. Ich habe gern gestickt. Aber du hast dich immer darüber mokiert, bei deinen seltenen, viel zu seltenen Besuchen. Obwohl es ein Gästezimmer gibt, hast du mich nur selten besucht und in den letzten Jahren vor deiner Erkrankung immer seltener. Ein Gästezimmer eigens für dich.

Ich hätte niemals eine Alterswohnung ohne Gästezimmer bezogen. Damit du mich besuchen kannst. Ich gebe zu, dass ich im Geheimen gehofft habe, dass du mich nicht nur besuchst, sondern auch manchmal bei mir wohnst. Besonders in Zeiten, in denen ich Hilfe brauche. Aber das waren meine geheimen Gedanken, die ich nie geäußert habe. Das hätte dich nur verschreckt. Dass aus dem Gästezimmer dein Krankenzimmer werden sollte, konnte ich ja nicht wissen.

Sobald der Arzt hier war, werde ich die Grafik mit der Vogeluhr von der Wand nehmen. Für dich. Dir zu Gefallen. Wenn auch zu spät. Und vielleicht auch die Wandteller. Aber nicht das Bild mit den beiden spielenden Fohlen. Allerliebst. Und bestimmt kitschig. Aber was heißt das schon. Außerdem handelt es sich um ein Geschenk meiner Nachbarn. Liebe Menschen. Sehr liebe Menschen. Mit reizenden Kindern. Ein Junge und ein Mädchen. Das Mädchen, Zahra, besucht mich regelmäßig und nennt mich Oma. Du hast mir ja keine Enkel geschenkt, die mich Oma hätten nennen können. Meine Nachbarn haben nichts dagegen, dass Zahra mich besucht. Im Gegenteil, manchmal bitten sie mich sogar, sie für ein oder zwei Stunden zu betreuen. Nichts lieber als das. Ich habe inzwischen mehrere Schubladen voll mit Spielsachen. Aber das Kind ist bescheiden. Es erfreut sich der einfachsten Spiele. Singen. Rätselraten. Fingerspiele. Solche Dinge, wofür man kein Spielzeug braucht.

Zum Dank dafür, dass ich des Öfteren auf das Mädchen aufpasse, haben sie mir das Bild geschenkt. Weil ich die Lebensmittel abgelehnt habe, die sie mir eigentlich schenken wollten. Mehr als ich essen kann. Vor allem Fleisch. Der Mann ist Tunesier, der mit allen möglichen Lebensmitteln sowie mit Fleisch handelt. Mit Fleisch von Tieren, die nach muslimischen Regeln geschlachtet werden. Er holt es mit seinem weißen Lieferwagen aus Holland und liefert es in Deutschland vor allem an türkische Geschäfte und Supermärkte aus. Tunesische Läden und Supermärkte gibt es hier ja keine. Ich habe jedenfalls noch keine gesehen. Am liebsten würde er mir jede Woche eine Gratisportion Fleisch vorbeibringen, was ich aber nicht möchte. Allerdings musste ich sehr diplomatisch sein, als ich das Fleisch ablehnte. Ich habe gesundheitliche Gründe vorgeschoben, um ihn nicht zu kränken. Und ihm zugleich erlaubt, mir ab und zu mit Gemüse auszuhelfen. Jetzt bringt er mir regelmäßig Paprika, Tomaten oder auch Hülsenfrüchte, die ich dann umständlich kochen muss. Exotische Hülsenfrüchte. Gelbe Erbsen, rote Linsen und solche Sachen. Für den Mann ist Gemüse aber kein würdiges Geschenk. Und Hülsenfrüchte auch nicht. Deshalb hat er mir irgendwann das Bild vorbeigebracht. Ein Original. Direkt vom Künstler, der ebenfalls ein Tunesier ist. Dazu eine Karte mit den Worten »Für die Mutter der Mütter«, unterschrieben von der ganzen Familie.

Die Mutter der Mütter. Vielleicht sagt man so in Tunesien. Oder in Arabien überhaupt. Seit du hier bei mir gelegen hast, hat mich das Mädchen nicht mehr besucht. Ich wollte es nicht mit meinem kranken Sohn belasten. Dafür aber ist Mahana, ihre Mutter, manchmal vorbeigekommen, um mir zu helfen, was kein Problem für mich war und für dich auch nicht. Im Gegenteil. Ich glaube, du mochtest Mahana und hast dich extra leicht gemacht, wenn sie dich aufrichtete und dein Kissen ausschüttelte. Aber du wurdest ja ohnehin immer leichter. Ein Problem war die Frau vom ambulanten Hospiz. Die uns immer nur Vorwürfe gemacht hat. Dir und mir. Weil wir das nicht vollkommen normal gefunden haben, dass du sterbenskrank bist. Wir müssen alle mal sterben, hat sie immer nur gesagt. Das war die ganze Sterbebegleitung. Mahana hat nichts dergleichen gesagt. Aber angepackt. Dich aufgerichtet, wenn du aufgerichtet werden wolltest, und einmal sogar gewaschen, oben herum, den Hals und die Brust und die Achseln mit einem Waschlappen, als du schweißnass auf deinem Kissen lagst und die ambulante Pflegerin sich verspätet hatte. Ich war außer Haus, beim Arzt, wegen der Hüfte. Aber Mahana war bei dir, bis die Pflegerin kam.

Irgendwann werde ich meine eigene Wohnung nicht mehr betreten können. Zweiter Stock ohne Lift. Mahana wäre die beste Pflegerin, die man sich denken kann. Aber ich bitte sie nur ganz selten um Hilfe, weil sie ihrem Mann im Geschäft helfen muss. Mit der Buchhaltung, den Bestellungen, der Steuer, dem Papierkram. Was ich sehr gut verstehen kann. Ich habe deinem Vater ja auch mit dem Papierkram geholfen. Was heißt geholfen. Ich habe sämtlichen Papierkram gemacht. Vor allem am Wochenende, sonntags, im kalten Wohnzimmer. Die meisten Sonntage habe ich über der Buchführung im kalten Wohnzimmer verbracht. Bald müsste Mahana aufstehen. Sie wohnt direkt über mir. Sie ist immer die Erste, die aufsteht. Ich erkenne sie an ihren Schritten. Leichte, schnelle Schritte. Barfuß. Erst steht sie auf, dann ihr Mann und zuletzt die Kinder. Ich weiß gar nicht, wie ihr Mann mit Vornamen heißt. Auf seinem Lieferwagen steht nur ein Firmenname. Und auf dem Klingelschild nur der Name der Familie. Ein fremder, unaussprechlicher Name.

*

Eine richtige Familie, denke ich immer, wenn ich an Mahana, ihren Mann und die Kinder denke. Ob wir auch eine richtige Familie waren? Wir haben zumindest alles dafür getan. Dein Vater und ich. Alles, was wir konnten. Draußen dämmert es, aber es wird nicht heller. Erst wurde es heller, jetzt nicht mehr. Und auch die Vögel scheinen wieder zu schweigen. Und oben ist alles still. Zu still. Ich würde jetzt gern Mahanas Schritte hören. Ihre Schritte haben mich immer beruhigt. Leichte, schnelle Schritte. Sanfte Schritte. Barfuß. Erst geht sie ins Bad, danach in die Küche und schließlich zurück ins Schlafzimmer, um ihren Mann zu wecken. Dann ist es manchmal minutenlang still, und ich stelle mir vor, wie die sanfte, zarte Mahana, eine orientalische Schönheit, ihren Mann weckt. Der nicht unbedingt eine Schönheit ist, was ein Mann auch nicht sein muss. Sondern so etwas wie ein rauer Bursche. Aber gutmütig, fleißig und offenbar auch ein guter Geschäftsmann. Sonst hätte er nicht diesen weißen Lieferwagen. Und auch nicht die Wohnung über mir. Eine Eigentumswohnung wie meine auch. Meine ist aber sehr klein. Schlafzimmer, Gästezimmer, Wohnzimmer. Immerhin. Unsere Lebensleistung. Mahanas Wohnung ist doppelt so groß. Was mir Respekt einflößt. So junge Leute, Fremde im Grunde, aber Fremde waren wir ja auch. Die einen kommen aus der Ukraine oder aus Polen und die anderen aus Tunesien oder der Türkei. Irgendwo kommt man immer her.

Obwohl alle unsere Nachbarn, als wir noch das Haus und das Geschäft an der Hauptstraße hatten, nicht von irgendwo hergekommen waren. Die waren schon immer hier gewesen. Ewige Westfalen. Oder auch ewige Niedersachsen. Je nachdem. Wir lebten ja im Grenzgebiet. Noch Westfalen, aber fast schon Niedersachsen. Da ist schon mal ein Westfale in Niedersachsen und ein Niedersachse in Westfalen aufgewachsen. Da hat sich schon mal eine Familie hier ein Haus gebaut und dort ihr Geschäft gehabt. Oder dort gewohnt und hier gearbeitet. Das konnte durchaus passieren. Das war aber auch schon alles, was es an Unregelmäßigkeiten gab. Da hat sich niemand dran gestört. Hauptsache, die Geschäfte liefen gut. Hauptsache, das Haus war bezahlt. Ein guter Fleischverkäufer muss auch ein guter Fleischeinkäufer sein, denn von der Differenz zwischen Einkauf und Verkauf lebt er schließlich. Was sicher nicht einfach ist. Die Fleischverkäufer beziehungsweise Schlachter sind auch nicht auf den Kopf gefallen. Und die Ladenbesitzer ebenso wenig. Besonders die türkischen Ladenbesitzer. Die haben das Handeln im Blut. Mahanas Mann scheint es ebenfalls im Blut zu haben.

Ich würde jetzt gern ihre Schritte hören. Ich wünschte mir, dass die Vögel singen. Und nicht nur die Amseln und Drosseln. Ich möchte, dass es heller wird draußen. Und dass der Zaunkönig singt. Wenn es nicht heller wird, dann warte ich, bis ich Mahanas Schritte höre. Ich brauche die Vögel gar nicht. Es geht auch ohne den Zaunkönig. Mahana ist mein Vögelchen. Ich warte, bis ich ihre Schritte höre. Wenn ich Mahana höre, rufe ich den Arzt an. Sobald ich auch nur das leiseste Trippeln vernehme, denn viel mehr als ein leises Trippeln ist es nicht, dann rufe ich an. Dann ist die Nacht vorbei. Normalerweise. Nachdem Mahana ihren Mann geweckt hat. Manchmal dauert das Wecken allerdings länger als gewöhnlich. Dann bleibt sie noch eine Weile im Schlafzimmer, und ich brauche nicht allzu viel Phantasie, um mir vorzustellen, was die beiden dann miteinander machen. Sie sind ja schließlich verheiratet und offenbar noch immer verliebt. Ich gönne ihnen das. Was gibt es Schöneres, als auf diese Weise den Tag zu beginnen.

Dein Vater und ich haben uns so etwas nicht gegönnt. Wenn der Tag begann, begannen die Sorgen. Nicht selten begannen sie auch schon in der Nacht. Dann ist dein Vater umhergewandert, im Schlaf, und das alles ohne Prothese. Ich hatte immer Angst, dass er sich etwas antun könnte, stürzen, über einen Stuhl stolpern oder über einen der vielen Kartons. Wenn nicht gar die Treppe hinunter. Das Haus war schließlich vollgestellt mit Kartons voller Waren, wie das in einem Geschäftshaushalt eben so ist. Textilien vor allem. Wir haben ja mit Textilien gehandelt. Handtücher, Decken, Bettwäsche. Aber auch spezielle Damen- und Herrenbekleidung. Nach dem Krieg waren Lebensmittel und Textilien das Wichtigste. Lebensmittel sind leicht verderblich, daher haben wir uns für Textilien entschieden. Was eine vernünftige Entscheidung war, besonders was die Handtücher, Bettwäsche, Decken und solche Dinge anging. Das Angebot von Oberbekleidung haben wir klein gehalten. Gebrauchs- und Arbeitsbekleidung vor allem. Anoraks, Windjacken, Arbeitshosen. Solche Sachen.

Für ein Oberbekleidungsgeschäft fehlte uns die Ausbildung. Ein Bauer ist kein Schneider. Obwohl ich keine Probleme damit habe, eine Nähmaschine zu bedienen. Aber ein Kostüm schneidern? Oder auch nur umarbeiten? Dafür braucht es qualifizierte Kräfte. Und für die Herrenabteilung einen Mann, der zwei gesunde Arme hat. Obwohl es nach dem Krieg hier ja einen Tanzlehrer mit Holzbein gegeben hat. Ein kriegsversehrter Tanzlehrer und zugleich Besitzer der einzigen Tanzschule weit und breit, der nicht von seinem Beruf lassen wollte, das Geschäft aber bald seinem Sohn übergeben musste. Das Verständnis für die Kriegsversehrten hielt nicht lange an. Erst hatte alle Welt Verständnis, und dann wurden sie plötzlich lästig, standen im Weg herum, hielten den Verkehr auf. Ich hätte es deinem Vater niemals zugemutet, Herrenoberbekleidung zu verkaufen und der Kundschaft nicht in die Jacke oder den Mantel helfen zu können. Also haben wir uns auf Arbeitsbekleidung beschränkt. In einen Hausmeisterkittel oder eine Schlosserjacke muss man niemanden hineinhelfen. Und Bedarf an Kleidung dieser Art gab es genug.

Tagsüber ist dein Vater sehr gut zurechtgekommen. In der Nacht aber ist er umhergewandert. Besonders in den ersten Jahren, noch bevor du auf der Welt warst. Anfangs bin ich ihm nachgegangen, aus lauter Sorge, und ich habe des Öfteren dabei gedacht, dass er sich noch immer auf der Flucht befindet. Statt zur Ruhe zu kommen, macht er sich auf den Weg. Verlässt das Schlafzimmer, geht über den Flur, ins Wohnzimmer, dann die Treppe hinab ins Erdgeschoss, in die Küche, zur Haustür, dann wieder zurück. Später bin ich ihm nicht mehr nachgegangen. Man soll Schlafwandler nicht erschrecken. Sie sind wie Seiltänzer. Nur ein paar Sicherheitsmaßnahmen waren wichtig: die Kellertür abzuschließen beispielsweise. Und den Schlüssel abzuziehen. Schlafwandler können sehr wohl eine Tür aufschließen. Sie können sogar Klavier spielen, wenn sie es denn gelernt haben. Dann spielen sie auch im Schlaf, ohne dass sie davon aufwachen. Unvorstellbar eigentlich.

Dein Vater hat aber nicht Klavier gespielt. Wobei wir damals auch noch kein Klavier besaßen. Das haben wir erst später angeschafft, eigens für dich. Wir hätten dir gern eine musikalische Erziehung zukommen lassen und wollten dich schon früh mit dem Klavier vertraut machen. Du warst acht Jahre alt, als wir das Klavier gekauft haben. Wir waren sicher, dass du begabt bist und deine Freude am Klavier haben würdest. Das Instrument war teuer, für unsere Verhältnisse, und statt das Geld für ein Klavier auszugeben, hätte ich lieber den Kohleofen in der Küche gegen einen Elektroherd ausgetauscht. Zum Beispiel. Wir hatten zwar ein eigenes Haus, aber es war in einem schlechten Zustand. Nur

Kohleöfen, die Toiletten in einem Nebengebäude auf dem Hof, keine Wasseranschlüsse, nur eine Pumpe, ebenfalls im Hof. Ein anderes Haus hätten wir uns nicht leisten können. Auch dieses hatten wir uns im Grunde nicht leisten können. Wir vertrauten auf die Zukunft und die Nachfrage nach Textilien. Und natürlich auf unsere Arbeitskraft. Speziell dein Vater, der dann auch für zwei gearbeitet hat. Mit nur einem Arm. Und ich habe ihm geholfen und beigestanden, wo immer ich konnte. Vor allem mit der Buchhaltung und dem Papierkram. Aber auch mit dem Autofahren. Er besaß zwar einen Führerschein, den hatte er vor dem Krieg gemacht, aber wie sollte er mit nur einem Arm Auto fahren. Selbst das Fahrradfahren war schwierig.

Er ist trotzdem Fahrrad gefahren. Ware ausliefern. Es gab Kunden, die wollten ihre Ware nach Haus geliefert bekommen. Hätten wir das ablehnen sollen? Für seine Kunden muss man alles tun, sonst wird nichts aus einem Geschäft. Für seine Kunden muss man immer da sein. Auch nach Feierabend. Auch am Wochenende. Es gab Kunden, die wollten nicht nur ihre Ware nach Hause geliefert bekommen, die wollten auch am Sonntag bedient werden. Exklusiv. Was im Übrigen gar nicht erlaubt war. Wegen der Ladenschlusszeiten. Aber was sollten wir machen? Wenn jemand am Sonntag Bettwäsche oder eine Schlosserjacke kaufen wollte, dann haben wir ihn eben am Sonntag bedient. Alles andere wäre geschäftsschädigend gewesen. Und wenn jemand seine Ware nach Hause geliefert bekommen wollte, dann haben wir sie ihm eben nach Hause geliefert. Entweder ich mit dem Wagen oder dein Vater mit dem Fahrrad. Oft genug am Sonntagnachmittag, während ich im kalten Wohnzimmer über der Buchführung saß. Dann hat sich dein Vater aufs Fahrrad gesetzt und die Ware ausgeliefert. Korrekt gekleidet, mit Hut, Mantel und Krawatte, eine Klammer am rechten Hosenbein, den Karton mit der Ware auf dem Gepäckträger und die linke Hand am Lenker. Eine wacklige Angelegenheit, wie man sich denken kann, aber er hat seine Touren immer ohne Probleme bewältigt.

Das Klavier wurde uns von einem Transportunternehmen geliefert. Drei Leute waren mit dem Transport beschäftigt. Der Fahrer und zwei Helfer. Ein enormer Aufwand, fast zu viel des Guten, wir wussten ja gar nicht, ob dich das Klavier interessiert. Du warst acht oder neun Jahre alt, für eine Geige wäre es wahrscheinlich schon zu spät gewesen, zumal du dir nie eine Geige gewünscht hast. Allerdings auch kein Klavier.

In Wahrheit war es dein Vater, der sich das Klavier gewünscht hatte. Weil so ein Klavier etwas Beständiges ist, etwas von Dauer, wie ein Eichenschrank. Solange ein Klavier im Haus steht, so lange haben wir ein sicheres Zuhause, hat dein Vater vielleicht gedacht. Und wenn sein Sohn zudem noch Interesse am Klavierspielen findet, umso besser. Was jedoch nicht geschah. Du warst allerdings sehr am Transport des Klaviers interessiert. Ich erinnere mich noch gut, wie du mit großer Neugierde alles verfolgt hast. Die Ankunft des Lastwagens von der Spedition, die Art und Weise, wie die drei Männer das Klavier vom Lastwagen geladen und dann ins Haus transportiert haben. Mit Hilfe einer Hebebühne und eines Rollbretts war es nicht allzu schwierig. Schwieriger war es, das Klavier die Treppe hinaufzutragen. Das Treppenhaus war sehr eng, außerdem hatte die Treppe einen Absatz und machte eine scharfe Biegung. Eigentlich zwei. Zwei Neunzig-Grad-Biegungen. So ein Klavier kann man ja nicht zerlegen wie einen Kleiderschrank, so dass die Transporteure es hochkant nehmen mussten. Schließlich war aber alles geschafft und das Klavier konnte im Wohnzimmer aufgestellt werden. Und zwar an der Wand, an der bis dahin nur ein schmales und nicht sehr ansehnliches Buffet gestanden hatte. Das haben wir von den Männern auf den Dachboden tragen lassen. Für ein Extratrinkgeld.

Schwarz lackiert und auf Hochglanz poliert stand das Klavier im Wohnzimmer und strahlte geradezu aus in den ganzen Raum. Zur Freude deines Vaters. Im Inneren des Deckels war in goldenen Buchstaben der Name des Herstellers angebracht. Ein Markenklavier, aber andere gab es ohnehin nicht. Es gab keine Instrumentenbauer, die mal nebenher so ein Klavier bauten. Das waren alles Markenklaviere. Im Unterschied zu den Geigen. So eine Geige war schnell gebaut, wenn man über die entsprechende handwerkliche Begabung verfügte. Und das entsprechende Holz. Da gab es Tischlermeister, die konnten auch Geigen bauen. Zumindest in Polen hatte es solche Tischlermeister gegeben. Und in

Wolhynien sicherlich auch. Tagsüber tischlerten sie Tische und Stühle und nach Feierabend oder am Wochenende bauten sie Geigen.

Unser Klavier war aber ein Markenklavier, mit dem goldenen Namenszug der Herstellerfirma im Inneren des Deckels, den ich nie vergessen habe: Zeitter & Winkelmann. Den Namen haben wir allerdings nur selten zu Gesicht bekommen, weil das Klavier meistens zugeklappt blieb. Dich hatte vor allem der Transport des Klaviers interessiert, du hättest stundenlang zuschauen können, wie das Klavier durch das Haus und die Treppe hinauf transportiert wurde. Während ich Sorge um den Fußboden, das Treppengeländer und die Wände hatte. Und natürlich auch um das Klavier selbst, das ja keinen Kratzer bekommen sollte. Schon ein einziger Kratzer hätte den Gesamteindruck ruiniert. Auf dem Lack sah man jedes Staubkorn. Was mir später noch einige Mühe bereiten sollte, da deinem Vater sehr daran gelegen war, ein immer vollkommen staubfreies Klavier im Wohnzimmer stehen zu haben, obwohl er das Wohnzimmer ansonsten nur selten betrat. Das Wohnzimmer war mein Revier, wegen der Buchführung. Nachdem wir das Klavier angeschafft hatten, ging er des Öfteren hinein, aber nur, um nach dem Klavier zu sehen.

Meine Hoffnung, dass du dich für das Instrument interessieren könntest, erfüllte sich nicht. Dein Interesse an dem Instrument flammte nur noch einmal auf, als der Klavierstimmer mit seinen Stimmwerkzeugen kam. Das hatte uns die Herstellerfirma in einem Begleitschreiben empfohlen, dass wir das Klavier vor Ingebrauchnahme stimmen lassen sollten. Ingebrauchnahme. Obwohl es so lange her ist, kann ich mich noch sehr genau an das Wort aus dem Begleitschreiben erinnern. Und später habe ich noch oft gedacht, dass es nur sehr selten zu einer solchen Ingebrauchnahme des Klaviers gekommen ist. Aber wir haben es trotzdem auch weiterhin alle paar Jahre stimmen lassen, das waren wir dem Klavier sozusagen schuldig.

Wenn ich im kalten Wohnzimmer über meiner Buchführung saß, tat es mir geradezu leid, wie es so festlich und zugleich nutzlos im Wohnzimmer herumstand. Wie ein Sänger im Frack, der keine Stimme mehr hat. Und auch wegen der Kälte im Wohnzimmer. Die war nicht gut für das Klavier. Wir heizten das Wohnzimmer ja erst regelmäßiger, als es uns wirtschaftlich besserging. Vor allem am Wochenende, wenn ich dort über den Büchern saß, was fast jedes Wochenende der Fall war. Die Bücher mussten immer geführt werden, und immer machten sie mehr Arbeit, als man sich das gemeinhin vorstellt. Oder wenn Besuch kam und wir die Kaffeetafel deckten. Oder als mein Bruder Wilhelm aus Russland heimgekehrt war, zehn Jahre zu spät. Auch dann haben wir die Kaffeetafel gedeckt. Zehn Jahre Kriegsgefangenschaft in Russland, was soll man dazu sagen?

Wir haben gar nichts dazu gesagt. Gut, dass er wieder da war. Er hat sich auch gleich um Arbeit bemüht, im Nachbarort, als Automechaniker, und sich irgendwann sogar selbständig gemacht mit einer eigenen Autowerkstatt. Mit Fahrzeugen kannte er sich aus, besonders mit Motorrädern. Er hatte sicher gut ausgesehen, dein Onkel, auf seinem Wehrmachtsgespann. Allerdings habe ich mich lange gefragt, was er eigentlich im Krieg damit gemacht hat. Motorradfahren und gleichzeitig schießen geht ja wohl nicht. Ich nahm an, dass er Kradmelder gewesen war. Aber musste man als Kradmelder zehn Jahre in russischer Kriegsgefangenschaft bleiben? Er hat nie darüber gesprochen, und ich habe ihn nie danach gefragt. Auch dein Vater hat ihn nicht gefragt, aber mir irgendwann einmal erzählt, dass Wilhelm Kradschütze gewesen sei in einem sogenannten Kradschützenverband. Er fuhr ein Motorrad mit Beiwagen, auf dem ein Karabiner montiert war.

Wilhelm und seine Frau Hilde, die mir immer eine gute Schwägerin war, haben uns regelmäßig besucht. Zum Kaffee am Sonntagnachmittag. Dann habe ich im kalten Wohnzimmer die Papiere vom Esstisch geräumt und die Kaffeetafel gedeckt. Mit den neuen Sammeltassen. Damit hatte mir dein Vater eine riesige Freude gemacht, als er mir eines Tages eine kleine Kollektion von Sammeltassen mitbrachte, alles Einzelstücke, aber aufeinander abgestimmt, einschließlich der Kuchenteller und Untertassen. Ohne das Geschirr hätte ich mich nicht getraut, den Tisch im kalten Wohnzimmer zu decken, da wäre ich lieber mit den Gästen in der Küche geblieben. Aber die Sammeltassen und das Klavier machten etwas her. Da haben dein Onkel und deine Tante gestaunt, als sie alles zum ersten Mal gesehen haben.

Und mit Textilien haben wir ihnen auch ausgeholfen. Das war eine Selbstverständlichkeit, wenn der eigene Bruder nach zehn Jahren aus Russland kommt. Bettwäsche, Handtücher, Tischdecken. Sie konnten sich aussuchen, was sie brauchten, haben aber sehr bescheiden nur das Nötigste genommen. Die Sammeltassen besitze ich noch immer. Über Jahrzehnte hinweg habe ich sie in Ehren gehalten und hätte sie dir gern vererbt.

Dafür ist es jetzt zu spät. Jetzt ist es für alles zu spät. Sie werden auch mich überleben. Vielleicht werde ich alles Mahana und ihrer Familie überlassen. Ich habe sonst niemanden mehr. Aber wer weiß, ob tunesische Familien Sammeltassen zu schätzen wissen. Vielleicht sind ihnen solche Tassen auch unangenehm. Mit diesen modernen Mustern. Dreiecke, Streifen, Rauten. Ich war ganz überrascht, dass dein Vater solches Geschirr ins Haus brachte. Er muss es günstig bekommen haben. Allerdings konnte man dafür keine Tassen oder Teller nachkaufen, was nicht ganz logisch ist: Sammeltassen, die man nicht nachkaufen kann. Es waren immerhin jeweils zwölf Teile. Zwölf Tassen, zwölf Untertassen, zwölf Kuchenteller. Für die große Gesellschaft. Wir waren dagegen zumeist zu fünft. Dein Vater, Onkel Wilhelm, Tante Hilde, du und ich. Ich habe das Geschirr trotzdem so sorgfältig wie möglich behandelt. Ich wollte auf keinen Fall, dass auch nur ein einziges Teil beschädigt wurde oder gar zerbrach.

Was das Klavier für deinen Vater war, das war das Kaffeegeschirr für mich. Wir hatten ja sonst nichts.

Nichts, was nicht kaputtgegangen war. Jetzt kann ich es ja sagen, du hörst mich nicht mehr. Es ist noch immer nur ein schwacher Dämmerschein draußen zu sehen. Zu schwach, um von einer Dämmerung zu reden. Nur der Hauch eines Vorscheins davon. Und noch immer ist kein Laut von Mahana zu hören. Sie steht als Erste auf. Dann weckt sie ihren Mann und dann die Kinder. Noch immer singt der Zaunkönig nicht.

*

Dein Vater war ja ein altmodischer Mensch. Für modernes Zeug, wie er immer sagte, nicht zu haben. Auch deshalb wäre er für ein Oberbekleidungsgeschäft nicht geeignet gewesen. Da muss man mit der Zeit gehen. Da gibt es jede Saison neue Schnitte und Muster. Es war gut, dass wir uns bei der Kleidung auf Arbeitskleidung beschränkten. Blauzeug. Blauzeug bleibt Blauzeug. Schlosserjacken und Latzhosen ändern sich nicht. Auch wenn wir irgendwann graue Latzhosen und beigefarbene Arbeitshosen angeboten haben, die dann auch nachgefragt wurden. Aber mehr an Neuerungen gab es nicht in unserer Kleiderabteilung.

Ich selbst war der Mode nie abgeneigt. Und habe mir mit der Zeit auch das eine oder andere schöne Stück leisten können. Den Wintermantel beispielsweise. Modern geschnitten und mit hellem Pelzbesatz. Das taillierte Kostüm, mein Geschäftsfrauenkostüm. Was ich aber im Geschäft gar nicht so oft getragen habe, sondern am liebsten sonntags zum Kirchgang, der Rock war lang genug. Das Kostüm hatte auch deinem Vater gefallen, sowohl der Wintermantel als auch das Kostüm, und du hättest einen stolzen Mann neben mir sehen können auf dem Weg in die Kirche. Wenn du mitgekommen wärst.

Doch zu der Zeit, als ich das Kostüm trug, bist du schon nicht mehr in die Kirche gegangen. Weder mit deinen Eltern noch allein. Anfangs haben wir dich noch gezwungen, was nicht gut war, dieser Zwang, heute sehe ich es ein, aber dein Vater hat immer gesagt, dass du es uns noch danken wirst. Einen sieben- oder achtjährigen Jungen kann man noch zum Kirchgang zwingen, einen zwölf- oder dreizehnjährigen aber schon nicht mehr. Genauso wenig wie man einen Heranwachsenden zum Klavierspielen zwingen kann, kann man ihn dazu zwingen, in die Kirche zu gehen. In der es oft genauso kalt war wie im kalten Wohnzimmer. Was mir aber nichts ausgemacht hat, auch in Polen war es kalt in der Kirche und sicher auch in Wolhynien. Doch wenn die Kirche voll war, dann wärmten sich die Menschen gegenseitig, und wenn wir in Polen in die Kirche gingen, meine Geschwister und ich, dann waren wir allein schon fünfzehn Kirchgänger, dreizehn Kinder und die Eltern, das muss man sich einmal vorstellen, wie im Märchen kommt mir das vor. Da haben wir schon allein mehrere Kirchenbänke besetzt.

Bei deinem Vater ist es nicht sehr viel anders gewesen. Nur dass dein Vater in Rozyszcze nicht nur in die Kirche gegangen ist, er hat dort auch Posaune gespielt. Obwohl er im Grunde kein besonders musikalischer Mensch war, aber ein gläubiger, und er wusste, was sich gehört. Nicht nur in Polen, auch in Wolhynien, zumindest in den deutschen Kolonien, gehörte es sich, im Posaunenchor zu sein. Was gut zusammenpasst, so ein großer und kräftiger Mann wie dein Vater und die Posaune. Er hat zudem die Bassposaune gespielt. Und war auch nach dem Krieg noch stolz darauf. Umso schlimmer, dass er seinen Arm verloren hat. Sein Beten, das war das Posaunenspiel. Ansonsten bin ich mir nicht so sicher, ob er nach dem Krieg noch gern in die Kirche gegangen ist. Genauso wenig wie ich mir dessen bei mir selber sicher bin. Wir müssten uns erst wieder daran gewöhnen, ans Gottvertrauen. Wir sind auch wegen dir in die Kirche gegangen, um dir etwas mit auf den Weg zu geben. Eine Zeitlang haben wir dich sogar dazu gezwungen, ich sagte es schon, weil wir es gut meinten und glaubten, wenn man regelmäßig in die Kirche geht, dann kommt der Glaube von ganz allein. Er ist aber nicht gekommen, jedenfalls nicht bei dir, der Kirchgang war dir lästig. Was uns bedrückt und enttäuscht hat, deinen Vater und mich. Gottlos hat er dich einmal genannt, voller Zorn. Als wärst du ein Wilder. Dabei warst du unser Sohn. Ich glaube, dein Vater war zorniger auf sich selbst als auf dich.

Kinder sind die Spiegel der Eltern, sagt man. Und wenn du gottlos warst, dann waren wir es vielleicht auch. Verlorene Seelen. Und glaubten an gar nichts mehr. Mit guten Gründen, über die ich nicht reden möchte. Ich möchte auch nicht daran denken, tue es aber trotzdem, immerzu eigentlich, auch jetzt, in dieser Minute, mit meinem Sohn im Arm, dessen kalte Wangen meine Brust berühren. Wir hätten so gern gehabt, dass du Klavierspielen lernst. Dein Vater hätte auch gern gehabt, dass du wie er Posaune spielst. Im Posaunenchor. Wie der Vater, so der Sohn, sagt man doch. Was ich ihm aber gleich ausgeredet habe, ich kannte dich gut genug, ich wusste, dass das nie und nimmer für dich in Frage kam. Dann schon eher das Klavierspielen, aber auch dazu ist es nicht gekommen. Es ist im Grunde zu gar nichts gekommen, nur das Geschäft hat irgendwann geblüht, so dass wir das Haus renovieren konnten. Aber das war zugleich mehr, als wir uns überhaupt erhofft hatten.

*

Ich könnte auch jetzt schon den Arzt anrufen. Er rechnet mit meinem Anruf, schon seit Wochen. Wenn es so weit sei, könne ich ihn jederzeit anrufen, auch zu Hause, auch in der Nacht, neben seinem Bett stehe ein Telefon. Aber ich warte bis Tagesanbruch. Und werde mich an meine Aufzeichnungen setzen. Jetzt kann ich es ja tun. Ich werde alles aufschreiben. Es besteht keine Gefahr mehr. Und danach werde ich das Aquarium in den Keller bringen. Es sind ja schon längst keine Fische mehr darin. Sie haben einander aufgefressen. Kleine, zarte, in den schönsten Farben leuchtende Fische, die irgendwann begonnen haben, einander aufzufressen. Obwohl ich sie doch ausreichend gefüttert habe. Und sie hatten immer frisches und sauerstoffreiches Wasser. Das sprudelte doch den ganzen Tag. Und trotzdem haben sie einander aufgefressen, zumeist vom Schwanz her und nicht immer vollständig. Manchmal trieben am Morgen drei, vier halb aufgefressene Fische im Wasser. Schwerverletzte sozusagen. Kriegsversehrte. Versehrt vom Fischkrieg. Die Großen fressen die Kleinen, heißt es ja immer. Aber so war es gar nicht. Manchmal haben auch die Kleinen die Großen wenn nicht gänzlich aufgefressen, so doch angefressen. Irgendwann hat es begonnen, und ich konnte es mir nicht erklären. Auch der Besitzer der Tierhandlung, bei dem ich das Aquarium und die Fische gekauft hatte, konnte mir nicht weiterhelfen. Das kommt gelegentlich vor, hat er nur gesagt, aber normalerweise nicht bei den Fischen, die ich im Aquarium gehalten habe. Vielleicht ein Virus, meinte er, eine Infektion im Gehirn der Fische, auch Fische haben ja ein Gehirn. Da helfe nur, alle Fische herauszunehmen, das Aquarium zu desinfizieren und ganz von vorne zu beginnen. Mit einem Satz neuer Fische.

Er wollte mir gleich welche verkaufen, aber ich habe abgelehnt. Ich würde kein Glück mit den neuen Fischen haben. Das wusste ich sofort. Schon die alten Fische haben mich immer irgendwie traurig gestimmt, und letztlich hatte ich sie mir nur angeschafft wegen der Einsamkeit. Hättest du mich öfter besucht, dann hätte ich mir auch kein Aquarium angeschafft. Lieber wäre mir ein Hund gewesen, das konnte ich aber wegen meiner Hüften nicht. Den hätte ich jeden Tag mehrmals ausführen müssen, und das wäre mir zu viel geworden. Mit Hund hättest du mich sicher öfter besucht. Du warst ja immer ganz närrisch, was Hunde anging. Gingst an keinem vorbei, ohne ihn zu streicheln oder es wenigstens zu versuchen. Manchmal brachten Kunden ihren Hund mit in den Laden, dann hast du dich auch im Laden blicken lassen, den du sonst eher gemieden hast. Vielleicht wäre ein Bauernhof besser gewesen als ein Textilienhandel. Den hätten wir dir vererben können, und du wärst jetzt selbst ein Bauer. Mit einem Hund. Oder auch mehreren. Aber für einen Hof braucht man Land. Ackerland. Weideland. Das alles gab es hier nicht mehr. Alles seit Generationen aufgeteilt und vererbt. Hier war kein Platz für einen Bauern. Hier war gerade noch Platz für einen Textilienhandel.

Aber aus dir ist ja trotzdem etwas geworden. Beruflich gesehen. Akademischer Rat. Was auch immer das genau ist. Fast ein Professor, hast du mir einmal gesagt. Oder so etwas wie Studienrat, aber doch besser. An der Universität. Die ja auch eine Schule ist, aber eben eine Hochschule. Ich war zufrieden damit. Noch zufriedener wäre ich gewesen, wenn du geheiratet und Kinder bekommen hättest. Und mich würden meine Enkel besuchen. Aber du bist ein alleinstehender Akademischer Rat geworden. Und ich eine alte Frau, die darauf wartet, dass das Kind der Nachbarn sie besucht. Was das Kind seit einiger Zeit nicht mehr getan hat. Weil ich es nicht wollte. Wegen dir. Ich wollte das Mädchen nicht mit einem Pflegefall konfrontieren. Möglicherweise ist sie verstimmt darüber oder gar traurig, aber ich habe es ihrer Mutter erklärt, und Mahana hat es verstanden.

Seitdem habe ich keine regelmäßigen Besuche mehr gehabt. Nur die Frauen von der ambulanten Pflege. Und dann die Frau vom ambulanten Hospiz. Eine Sterbebegleiterin. Es war immer die gleiche. Die mit den Vorwürfen. Schon ihr Klingeln klang wie ein Vorwurf. Und wenn sie die Wohnung betrat. Wie sie mich anblickte. Ein einziger Vorwurf. Wobei ich nicht genau weiß, was sie mir oder dir eigentlich vorzuwerfen hatte. Dass wir sie brauchten, die Sterbebegleiterin? Dass du sterbenskrank warst? Dass ich dich nicht ins Hospiz gegeben, sondern hierbehalten habe? Aber dafür sind sie doch da, die ambulanten Sterbebegleiter.

Erst sind sie dafür da, dass man seine Sterbenskranken bei sich haben kann, und dann machen sie einem Vorwürfe. Heute wird sie auch kommen. In der letzten Zeit kam sie jeden Tag. Sie weiß, dass es zu Ende geht. Aber sie weiß nicht, wann. Man weiß nie genau, wann es so weit ist, hat sie mir einmal gesagt. Und mich dabei vorwurfsvoll angesehen. Jetzt hat sie den Moment verpasst. Sie konnte nicht am Bettrand sitzen und dir in den letzten Minuten beistehen. Das wäre ja ihre Aufgabe gewesen, wenn man es genau nimmt. Sterbebegleitung heißt ja vor allem beim Sterben begleiten und nicht beim Sterbenskranksein. Keine leichte Aufgabe, das gebe ich zu, da kann man mit sich und den anderen und vor allem mit den Sterbenden schon einmal hadern. Aber niemand hat sie gezwungen, ausgerechnet diesen Beruf zu ergreifen. Jetzt hat sie dir nicht beigestanden. Und ich ebenfalls nicht. Ich habe geschlafen, bin aber sehr früh aufgewacht, unruhig, vielleicht mit einer Vorahnung. Aber die hatte ich ohnehin jede Nacht, diese Vorahnung. Auf jeden Fall habe ich in aller Herrgottsfrühe und während es draußen noch vollkommen dunkel war, nach dir gesehen und dich gefunden. Nicht im Bett, sondern davor. Auf dem Fußboden, angelehnt ans Bett. Du musst mit letzter Kraft das Bett verlassen und dich hingesetzt haben, wahrscheinlich um besser atmen zu können.

Eine Zeitlang haben wir dann beide dort gesessen, wie Erschöpfte am Rand eines Schlachtfeldes. Meine Hüften erlauben es mir nicht, längere Zeit auf dem Boden zu sitzen. Dann bin ich aufgestanden und habe zum Telefon gegriffen, den Hörer aber wieder auf die Gabel gelegt. Den Arzt hätte ich stören dürfen, das hatte er mir immer wieder versichert, zu jeder Tages- und Nachtzeit solle ich ihn anrufen, ganz gleich ob in seiner Praxis oder privat. Ein guter Arzt, der auch dafür gesorgt hat, dass du keine Schmerzen hattest. Und ich werde ihn auch bald stören. Aber ich wollte uns nicht stören. Unsere letzte gemeinsame Stunde, bevor es hell draußen wird. Ich habe dich aufgehoben, mich auf die Bettkante gesetzt und dich auf meinen Schoß gebettet. Es machte mir wenig Mühe. Es hätte mir mehr Mühe gemacht, dort auf dem Fußboden neben dir sitzen zu bleiben.

Deine Stirn ist noch ein wenig kühler geworden, was mich aber nicht sonderlich schreckt. Ich weiß, dass du tot bist. Ich weiß, dass ich hier nicht mit dir sitzen sollte. Bevor der Arzt und die anderen Männer kommen, werde ich dich wieder auf dein Bett legen und dir die Hände falten. Noch sind sie beweglich, auch wenn deine Stirn kühler und kühler wird. Ich werde deine Hände wärmen, ich wärme sie jetzt schon. Deine schlanken Klavierspielerhände.

Für mich hattest du immer Klavierspielerhände. Auch wenn aus dem Klavierspielen nichts geworden ist. Es hätte nicht nur mir, es hätte auch deinem Vater gefallen, der zwar ein großer, kräftiger Mann war, aber ebenso feingliedrige Hände hatte wie du. Trotz der Landwirtschaft. Kräftige, aber feingliedrige Hände. Später hatte er nur noch die linke Hand. Statt der rechten eine künstliche Hand mit einem schwarzen Lederhandschuh, den er mehrere Male erneuern ließ. Auch ein Prothesenhandschuh nutzt sich ab. Das Leder wird rissig und bleicht aus. Dein Vater legte immer Wert auf einen tadellosen Lederhandschuh, den er sich aus sorgfältig ausgesuchtem schwarzen Leder anfertigen ließ. Was natürlich empfindlich war, dieses sorgfältig ausgesuchte Leder. Aber er wollte es so, und ich habe ihn dabei unterstützt. Wie ich ihn bei allem unterstützt habe. So ein großer und kräftiger Mann, der sich nicht einmal die Fingernägel selbst schneiden konnte und natürlich auch keine Krawatte binden oder die Manschettenknöpfe anlegen, zumindest den linken Manschettenknopf nicht.

Seine Manschettenknöpfe besitze ich noch, ich wollte sie dir vererben, auch einen Siegelring, den er später an der linken Hand getragen hatte. Statt des Eherings. Der war mit seiner rechten Hand irgendwo in Russland verloren gegangen. Die Sanitäter, die ihn vor dem Verbluten gerettet haben, hatten anderes zu tun, als nach der Hand mit dem Ring zu suchen, mitten auf dem Schlachtfeld im Granatenhagel. Einen neuen Ehering wollte er nicht, was ich verstanden habe, ich habe ihm irgendwann den Siegelring geschenkt, als es uns wirtschaftlich besserging und wir uns so etwas leisten konnten. Er hat ihn ständig an seiner Linken getragen, und ich war sogar in Versuchung gewesen, ihm den Ring mit ins Grab zu geben. Habe dann aber an dich gedacht und dass du den Ring erben solltest, wenn ich einmal nicht mehr bin, zusammen mit den Manschettenknöpfen, obwohl du niemals in deinem Leben Manschettenknöpfe getragen hast und sicher auch nicht getragen hättest. Auch deinem Vater zuliebe nicht.

Du bist in anderen Zeiten aufgewachsen, in Zeiten ohne Manschettenknöpfe. Vielleicht hast du auch deshalb kein Interesse für das Klavier gehabt. Du wolltest lieber einen Plattenspieler, ganz früh schon wolltest du einen Plattenspieler, was für deinen Vater keine angenehme Vorstellung war. Wo ein Plattenspieler ist, da müssen auch Schallplatten gekauft werden. Wir hatten noch nicht mal einen Elektroherd in der Küche, da wolltest du schon einen Plattenspieler. Dein Vater hat lange gezögert, seine Zustimmung zu geben. Eine Posaune hättest du sofort bekommen. Ein Klavier hatten wir ja schon. Und ein Radio auch, in der Küche. Das dudelt oft genug, hat er immer gesagt. Ich war für den

Plattenspieler, aber ich war auch für den Elektroherd. Einschließlich Backröhre. Davon hättet ihr alle etwas gehabt. Es musste doch beides möglich sein. Wir arbeiteten ja schließlich Tag und Nacht. Irgendwann war es dann auch möglich, und ich habe meinen Elektroherd mit Backröhre und du hast deinen Plattenspieler bekommen. Ein tragbares Gerät, das man auch mit Batterien betreiben konnte. Die Extrakosten verursachten. Aber du wolltest unbedingt einen tragbaren Plattenspieler haben, mit Deckel und Haltegriff und Batteriefach. Bald hattest du auch ein Album voller Schallplatten und hast des Öfteren mit Plattenspieler und Album das Haus verlassen, um deine Musik zu hören.

Wohin du gegangen bist? Ich weiß es nicht, wir haben dich auch nicht gefragt. Deinem Vater war es ganz recht, so gab es kein Gedudel im Haus. Wobei für ihn alles Gedudel war, die englische Musik und auch die deutsche. Deine Musik war englische Musik, Elvis Presley und solche Sachen, wildes Zeug, aber ich hatte Verständnis dafür, und mich hätte auch interessiert, wohin du gegangen bist, ein Wanderer mit Koffergerät in der Hand und Plattenalbum unter dem Arm. Wenn ich dich gefragt habe, hast du immer nur gesagt, dass du nach draußen gehst. Wo immer das war, nach draußen, besonders in der dunklen Jahreszeit, denn du bist auch in der dunklen Jahreszeit mit deinem Gerät und den Platten verschwunden. Einmal hat uns ein Kunde erzählt, dass er dich mit deinem Plattenkoffer auf dem Gelände vom alten Hallenbad gesehen hat. Eine der letzten Kriegsruinen. Ich habe dich irgendwann nicht mehr gefragt, zum einen, weil es deinem Vater recht war, wenn du mit dem Gerät verschwunden bist, und es gab ja auch keine Beschwerden von irgendwem, und zum anderen war es die beste Lösung. Anfangs hast du die Platten in deinem Zimmer gehört, in Zimmerlautstärke, irgendwann hat dir die Zimmerlautstärke nicht mehr gereicht, so dass die Musik durch das ganze Haus dröhnte bis hinunter ins Ladengeschäft. Was zu viel war, war zu viel, nicht nur für deinen Vater, sondern auch für mich. Zumal die Kunden auch behelligt wurden von der Musik und mich darauf ansprachen, worauf ich nur sagte: »Mein Sohn hört Musik.« Wenn das ab und zu mal vorkam, hatte ich kein Problem damit, aber mit der Zeit hörtest du immer öfter und immer lauter diese Musik, ganze Nachmittage hast mit dem Hören von lauter Musik verbracht, was ein unerträglicher Zustand war, sowohl privat als auch geschäftlich.

Zum Glück ist diese Phase irgendwann vorübergegangen. Das gehört anscheinend dazu, diese Musikbegeisterung, zumindest bei deiner Generation. Ich kann mich nicht daran erinnern, dass es diese Musikbegeisterung auch bei mir oder bei meinen Geschwistern gegeben hätte. Und bei meinen Eltern erst recht nicht. In Polen habe ich niemals diese Art von Musikbegeisterung erlebt und dein Vater in Wolhynien sicher auch nicht. Keinen Elvis Presley, den es damals ja auch noch gar nicht gegeben hat, aber auch keine Volkslieder, das schon gar nicht, was hätten das auch für Volkslieder sein sollen?

Musik gab es für uns allein in der Kirche, während des Gottesdienstes. Aber Singen, das war ja im Grunde wie Beten.

*

Ich werde dich auf das Bett legen, dich mit dem Laken bedecken und dir die Hände falten. Das gehört sich so, auch wenn ich weiß, dass Tote nicht beten. Es sind die Lebenden, die ihre Toten so sehen wollen. Friedlich. Friedlich entschlafen. Aber du bist nicht friedlich entschlafen, sondern aus dem Bett geflohen. Mit letzter Kraft, um besser atmen zu können, und vielleicht auch in der Hoffnung, dass man im Sitzen nicht stirbt. Auch dein Gesicht ist nicht friedlich, deine Züge sind entstellt, dein Mund verzerrt. Ich sehe nicht mehr das Kind in dir, nicht den Knaben, nicht den jungen und auch nicht den erwachsenen Mann. Ich sehe einen Toten, sein Kopf drückt gegen meine Brust wie ein Stein. Ich werde dich auf das Bett legen, dich mit dem Laken bedecken und dir die Hände falten.

Wie still es ist. Das einzige Geräusch ist die Sauerstoffpumpe des Aquariums. Ich habe mir zwar keine neuen Fische angeschafft, aber die Wasserpflanzen weiter gepflegt. Warum auch nicht. Das Geräusch der Sauerstoffpumpe hat mich immer beruhigt und die vom Sauerstoffstrom sanft schwingenden Wasserpflanzen ebenso. Im Meer sind ja auch nicht überall Fische. Fische sind mal hier und mal dort. Mein Aquarium ist gewissermaßen eine Stelle im Meer, wo zurzeit keine Fische sind, aber jeden Moment welche sein könnten. Das habe ich auch Mahanas kleiner Tochter erzählt, die sich sehr für das Aquarium und die Fische interessiert hat, immer ganz begeistert war von den kleinen lebendigen Wesen, bunt schillernd die einen, beinahe durchsichtig die anderen. Das Füttern der Fische war eine Riesenfreude für sie. Wie erschrocken sie war, das Aquarium plötzlich leer zu sehen. Sie war so erschrocken, dass ich es nicht über mich gebracht habe, ihr die Wahrheit zu sagen. Nichts von den verletzten und angefressenen Fischen, nichts vom Krieg der Fische.

Stattdessen habe ich ihr erzählt, dass die Fische weitergeschwommen seien, zu einer anderen Stelle des Meeres. Irgendwann würden sie sicher wieder einmal vorbeikommen. Das Kind war noch klein genug, um meine Geschichte zu glauben, allerdings führte sie bei jedem Besuch ihr erster Weg zum Aquarium, um zu schauen, ob die Fische zufällig gerade vorbeikämen. Sie war natürlich enttäuscht, keine Fische zu sehen. Enttäuscht, aber nicht betrübt, und das war mir das Wichtigste. Dass das Kind nicht betrübt ist. Bald wird sie mich wieder besuchen, nach deiner Beerdigung, und da sie dich nie gesehen hat, wird sie dich auch nicht vermissen. Sie ist noch zu klein für den Tod. Die Geschichte von den Fischen wird sie mir allerdings nicht mehr glauben.

*

Du liegst auf dem Bett, mit gefalteten Händen. Es war gar nicht so einfach, dich dorthin zu bewegen, du bist kein Fliegengewicht mehr. Tote wiegen schwer. Ich könnte den Arzt anrufen. Aus dem Vorschein der Dämmerung, aus dem Hauch eines ersten Lichts ist ein rosafarbener Streif geworden, der die Dunkelheit der Nacht merklich aufhellt. Pünktlich hat sich auch die Amsel gemeldet. Oder war es bereits der Zaunkönig? Ich bin verwirrt. Als könnte ich keine Amsel von einem Zaunkönig unterscheiden. Vielleicht haben mich auch die Geräusche verwirrt, die Geräusche des herannahenden Tages. Erst waren es irgendwelche Rohre im Haus, ein Klopfen und Knacken, dann eine Art Hall im Treppenhaus. Und draußen auf dem Parkstreifen ein anspringender Motor, aber nur sehr kurz und sehr leise. Danach eine Zeitlang wieder nichts. Der Tag will doch noch nicht erwachen. Als wäre alles nach dem ersten Erwachen wieder eingeschlafen. Um weiter zu träumen. Träume wollen zu Ende geträumt werden. Auch die schlechten. Ich träume nur selten, schrecke aber oft hoch. Ich schlafe schlecht und wache schlecht. Das wird so bleiben, bis ich selbst mit gefalteten Händen auf dem Totenbett liege. Hoffentlich hier, in diesen drei Zimmern. Am liebsten wäre mir, Mahana würde dann bei mir sein und mir die Hände falten. Mir, der Mutter der Mütter. Aber das darf ich nicht hoffen.

Mahana hat schließlich eine eigene Mutter. Die in Tunesien lebt, verwitwet ist und vor einiger Zeit ihre Tochter besucht hat. Es war eine große Reise für die alte Frau, die sicherlich viel mehr eine Mutter der Mütter ist, als ich es je sein konnte. Mahanas Mann ist eigens nach Tunesien geflogen, um sie abzuholen. Anschließend hat er sie wieder zurückbegleitet, ins schöne Tunis, wenn es denn schön ist dort. Ich weiß so gut wie nichts über Tunesien. Ich wäre gern Lehrerin für Deutsch und Geschichte geworden und hätte mich sehr gern auch für fremde Länder interessiert. Für Tunesien zum Beispiel. Mahanas Mutter ist eine beeindruckende Person, die hier in unserem Ort gleich ein gewisses Aufsehen erregt hat, so wie sie gekleidet war. Nicht verschleiert, aber mit einem Tuch um den Kopf und bis unter das Kinn. Über dem Tuch trug sie so etwas wie eine schwarze Kappe. Dazu ein ebenfalls schwarzes, aber mit goldroten Mustern verziertes Gewand. Ich hatte sie mir ganz in Schwarz vorgestellt, wie die griechischen Witwen, aber sie trug stattdessen dieses auffällig verzierte Gewand. Viel reden konnte ich nicht mit ihr und das Wenige auch nur mit Mahanas Hilfe, obwohl wir gleich nach ihrer Ankunft miteinander bekannt gemacht wurden. Noch im Treppenhaus und bevor sie überhaupt Mahanas Wohnung betreten hatte, hat Mahana mir ihre Mutter vorgestellt. Eine herzensgute Frau, das habe ich gleich gespürt, sie hat mich begrüßt wie eine nahe Verwandte und mir ganz fest mit beiden Händen die Hand gedrückt.

Während ihres Aufenthaltes sind wir einige Male miteinander spazieren gegangen, zusammen mit Zahra, die ganz glücklich über den Besuch ihrer Großmutter war. Das Spazierengehen war Mahanas Mutter allerdings fremd, sie musste sich erst daran gewöhnen. Ich hatte den Eindruck, dass sie niemals in Tunesien spazieren gegangen ist, habe mir aber nichts anmerken lassen und schon gar nicht gefragt. Man muss die Menschen nehmen, wie sie sind. Zumal sie mit der Zeit unsere Spaziergänge durchaus zu schätzen wusste und sich regelrecht darauf freute. Wir gingen immer zuerst ein Stück durch den Ort, wo sie sich die Auslagen in den Geschäften anschauen konnte, Textilien und Haushaltswaren, und dann um die Salinen, die einzige Attraktion unseres Ortes, der ansonsten nicht viel zu bieten hat. Um die Salinen bin ich immer gern gegangen, auch wenn sie nicht unbedingt schön anzusehen sind, eher bedrohlich. Hoch aufragende Holzbauten, gefüllt mit salzverkrustetem Schwarzdorn, an denen das Wasser herunterrieselt. Das einzig Schöne an den Salinen ist die Meeresbrise, die einen hier umweht und die meinen Bronchien und meinem Kopf immer gutgetan hat.

Auch die Spaziergänge mit Mahanas Mutter haben meinem Kopf gutgetan. Wir haben nicht viel miteinander reden können, eigentlich gar nichts, was aber auch nicht notwendig war. Schon bei ihrem ersten Besuch in der Wohnung hat sie sich an dein Bett gesetzt und dir Gesellschaft geleistet, ganz ohne zu reden. Und so geduldig wie sonst keiner von den Menschen, die dich besucht haben. Die meisten haben sich gar nicht erst hingesetzt, nachdem sie gesehen haben, in welchem Zustand du warst. Warum soll man sich zu einem Menschen setzen, dem man sofort ansieht, dass er sterbenskrank ist. Mahanas Mutter hat es trotzdem getan. Auf eine Weise, als würde sie stundenlang dort sitzen bleiben können. Ohne den geringsten Anflug von Ungeduld. Und ohne dass ich irgendetwas erklären musste.

Ansonsten musste ich immer etwas erklären und Auskunft geben, wenn fremde Leute in die Wohnung kamen. Jemand von den Behörden, Handwerker oder auch neue Mitarbeiter von der mobilen Pflege, was ja regelmäßig passierte, dass die mobile Pflege neue Mitarbeiter schickte. Dieses Erklären und Auskunftgeben ist mir mit der Zeit immer schwerer gefallen. Nicht, weil ich etwas zu verbergen hatte. Es ist ja schließlich keine Schande, den eigenen Sohn zu pflegen. Gestört hat mich eine bestimmte Art der Anteilnahme, die in Wahrheit bloße Neugier war, Neugier auf deine Krankheit, die bei manchen Besuchern gierige Züge annahm, sie konnten gar nicht genug Details über dein Leiden erfahren, um schließlich, wenn ich ihre Neugier gestillt und Worte wie Metastasen und Leberkrebs gesagt hatte, geradezu erleichtert und manchmal beinahe heiter wirkten und mich mit rasch dahingesprochenen Phrasen zu trösten versuchten, bevor sie zur Tagesordnung übergingen. Schon bald habe ich dieser Art Neugierde nicht mehr nachgegeben und geschwiegen, weil ich das Gefühl hatte, ich würde dich mit jedem meiner Worte verraten. Deine Krankheit sollte nicht dazu dienen, allen anderen Erleichterung darüber zu verschaffen, dass das Schicksal sie bisher verschont hatte. Denn darauf lief diese ganze Anteilnahme letztlich hinaus.

II.

ES WÄRE ALLES SCHNELL ERZÄHLT, noch bevor der Tag beginnt. Zwischen Zaunkönig und Buchfink. Noch bevor der Arzt kommt und die Männer, die meinen Sohn abholen werden. Danach wird das Bett leer sein, in dem er monatelang gelegen hat, beinahe ein Jahr. Ich werde es ein weiteres Mal abziehen, ich habe es ja schon so oft abgezogen, und die Bettwäsche waschen, die ich schon so oft gewaschen habe. Manchmal täglich. Viel mehr konnte ich nicht für ihn tun. Ich habe die Bettwäsche für ihn gewaschen und natürlich auch für die Frauen und Männer von der mobilen Krankenpflege. Es waren immer andere, mal freundliche und mal weniger freundliche, mal aufmerksame und mal weniger aufmerksame. Und natürlich auch für die Frau vom mobilen Hospiz. Damit sie mir keine Vorwürfe macht wegen meiner Haushaltsführung. Damit sie keinen Bericht schreibt, dass ich überfordert sei mit meinem kranken Sohn, dass die mobile Versorgung nicht ausreiche, dass auch die mobile Sterbebegleitung nicht ausreiche. Dass ich eine alte und störrische Frau sei, die eigensinnig an ihrem sterbenskranken Sohn festhalte.

Zum Glück hatte mir mein Sohn, als das noch möglich war, mehrmals und auch schriftlich bestätigt, dass er hier sein wollte bis zum Schluss. Bei mir. Ein Sterbenskranker ist ja nicht unmündig. Und alte Mütter, die sich um ihre sterbenskranken Söhne kümmern, sind es ebenfalls nicht. Zumindest nicht im juristischen Sinn. Weder den Frauen von der mobilen Pflege noch der mobilen Sterbebegleiterin gegenüber wollte ich jemals die geringste Schwäche zeigen. So wie ich meinem Sohn gegenüber niemals die geringste Schwäche gezeigt habe. Das gehört sich nicht, ein Kind braucht Sicherheit. Eine Mutter darf sich nicht fürchten.

Dabei bin ich ein furchtsamer Mensch. Immer schon gewesen. Irgendetwas war für mich immer zum Fürchten. Die dunklen Winternächte in Polen, die Wölfe, die um unser Haus schlichen, auch wenn es oft genug gar keine Wölfe, sondern nur streunende Hunde waren und ihr Heulen bloß der Wind, der sich in der Scheune verfing. Trotzdem habe ich mich gefürchtet. Wie meine Eltern auch, allerdings nicht vor den Wölfen, und vor den Hunden erst recht nicht. Da brauchte mein Vater bloß mit entschlossenem Schritt vor die Haustür zu treten, schon verschwanden Hunde wie Wölfe, ganz gleich. Die größte Furcht meiner Eltern bestand darin, ihre Kinder nicht ernähren zu können. Ich hätte mir meine Eltern furchtlos und stark gewünscht. Und meinen Mann auch. Aber wie soll das gehen: furchtlos und stark mit dreizehn Kindern und einer kleinen Landwirtschaft. Oder mit nur einem Arm.

Auch jetzt spüre ich Furcht. Ich beginne, mich vor meinem verstorbenen Sohn zu fürchten. Eben hatte ich ihn noch auf meinen Schoß gebettet, habe seinen Kopf gehalten, habe mit ihm gesprochen, und jetzt beginne ich, mich vor ihm zu fürchten.

Die Wahrheit ist: Der leblose Körper dort auf dem Bett ist nicht mehr mein Sohn, sondern nur noch sein Leichnam. Ich will ehrlich sein. Es hilft, ehrlich zu sein und alles deutlich auszusprechen. Wenn ich alles deutlich ausspreche, hat es keine Macht mehr über mich. Ich hätte gern Deutsch und Geschichte unterrichtet, statt Textilien zu verkaufen. Oder auch Erdkunde. Ich wäre gern erst auf die Realschule und dann aufs Gymnasium gegangen. Ich hatte sechs Brüder und sechs Schwestern, wie im Märchen. Alle Brüder wurden Bauern oder Handwerker. Alle Schwestern wurden Ehefrauen von Bauern oder Handwerkern. Ans Gymnasium war gar nicht zu denken. Noch nicht mal an die Realschule. Oft gingen wir schon frühmorgens vor der Schule auf die Felder oder in den Stall. So war das. Nicht weiter schlimm, ganz normal. Das war die Art, wie wir satt wurden.

Ich müsste etwas essen, aber mir ist nicht danach. Essen werde ich später, wenn der Arzt hier gewesen ist, nach Tagesanbruch.

Ich fürchte mich vor dem Tagesanbruch. Spätestens dann werde ich den Arzt anrufen müssen und die Männer, die meinen Sohn abholen werden. Wenn ich länger warte, werden sie sich um meinen Geisteszustand sorgen. Je länger ich warte, je heller der Tag ist und je später und wärmer es wird, und es wird sehr warm werden heute, umso mehr wird man sich um meinen Geisteszustand sorgen. Aber es gibt keinen Grund zur Sorge. Ich bin bei vollkommener geistiger Gesundheit. Ich weiß, dass der Leichnam meines Sohnes nicht mehr mein Sohn ist. Ich weiß noch viel mehr. Ich werde alles aussprechen. Alles aussprechen hilft. Noch bevor der Tag beginnt, werde ich alles ausgesprochen haben, wird alles erzählt sein. Ich könnte es auch aufschreiben. Der Schreibblock liegt schon lange bereit. Der liegt sozusagen schon immer auf dem Wohnzimmertisch. Ein Spiralblock, der insofern praktisch ist, als ich angefangene oder missglückte Seiten herausreißen kann, ohne den Block zu beschädigen. Ein Spiralblock ist immer wie neu.

Ich habe auch das Haus gefürchtet, das unser neues Zuhause werden sollte. Unsere Zuflucht. Ein halb verfallenes, aber sehr geräumiges und beinahe labyrinthisches Fachwerkhaus mit mehreren Treppenaufgängen sowie einer eigenen Waschküche im Hof und einem Stallgebäude für Pferde, aus denen später einmal Garagen werden sollten. Die Besitzerin hat uns das Haus günstig unter der Bedingung verkauft, dass sie ein lebenslanges Wohnrecht in dem Haus behält und einen Platz an unserem Mittagstisch hat. Was für uns kein Problem war. In Polen saßen wir zu fünfzehnt am Mittagstisch. Und nun eben zu viert. Wir haben sie einfach als eine Art Großmutter betrachtet. Eine Großmutter für meinen Sohn, der seine Großeltern niemals kennengelernt hat. Genauso wenig wie ich die meinen. Als ich auf die Welt kam, waren die Großeltern schon tot, und viel erzählt wurde von ihnen auch nicht. Die Tage waren zu kurz und die Arbeit zu anstrengend, um viel zu erzählen. Sie waren eben nur das gewesen, was meine Eltern auch waren: fleißige, einfache und fromme Menschen. In dem Haus, das früher einmal als Postfuhramt für den Ort gedient hatte, daher die Pferdeställe, wäre für sie alle Platz gewesen. Zugleich war es viel zu groß für eine alte und alleinstehende Frau, die geradezu verloren war in ihrem eigenen Haus. Man muss nicht vertrieben und besitzlos sein, um sich heimatlos und verloren zu fühlen, das kann einem auch auf eigenem Grund und Boden geschehen.

Wir haben der alten Frau das lebenslange Wohnrecht eingeräumt und sie gut versorgt. Sie hätte auch abends an unseren Tisch kommen können, wenn sie gewollt hätte. Aber sie war rücksichtsvoll und hat sich streng an die Vereinbarung gehalten. Nachdem sie gestorben war, ging das Haus gänzlich in unseren Besitz über, was ein Glück war, vor allem für meinen Mann. Endlich ein Zuhause, hat er immer wieder gesagt. Ich habe ihm zugestimmt und mich zugleich in unserem Zuhause gefürchtet. Besonders vor dem Dachboden und den Kellern. Das Haus hatte mehrere Keller, grottenhafte Gewölbe, einen haben wir für das Eingemachte, die Äpfel und die Kartoffeln genutzt und einen anderen für die Briketts und die Eierkohle.

Mein Mann ist niemals in die Keller gegangen, wegen der steilen Treppen, das wollte ich ihm nicht zumuten. Er ist auch niemals auf dem Dachboden gewesen, zumindest in den ersten Jahren nicht, als es keine stabile Treppe gab, sondern nur eine Art Leiter. Auf die hätte ich ihn niemals hinaufsteigen lassen. Aber ich bin hinaufgestiegen, ich musste ja schließlich nach dem Rechten sehen. Ob der Holzwurm im Gebälk war, ob die Dachziegel dicht waren. Das konnte man am besten nach einem Regenschauer prüfen. Und ob es Tiere auf dem Dachboden gab, denn es fanden sich Kotspuren. Es musste hier also Tiere geben. Aber was hätten das für Tiere sein sollen?

Selbst nachdem wir einen Kammerjäger hatten kommen lassen, der den Dachstuhl und sämtliche Balken gegen Termiten und den Holzbock imprägnierte, wir wollten schließlich nicht, dass uns das Dach über dem Kopf weggefressen wurde, fanden sich weiterhin diese Kotspuren. Aber von den Tieren selbst war nichts zu sehen, und Schäden fanden sich auch keine. Dem Kammerjäger habe ich davon nichts gesagt. Der hätte womöglich die Behörden verständigt, und man hätte am Ende den gesamten Dachstuhl zerlegt. Ich wollte nichts riskieren, das Haus verursachte schon genug Reparaturkosten. Und vielleicht saßen die Tiere ja sogar in den Wänden, hatten sich Nester im Fachwerk gebaut, im Stroh zwischen den Balken. Wer weiß. Es ist ja alles morsch und porös und durchlöchert in so einem Hunderte Jahre alten Haus. In Polen war das kein Problem.

Da knackte und knisterte es in allen Winkeln, aber wir waren so viele, was sollte mir dort passieren.

*

Das beste Mittel gegen die Angst ist ein eigenes Haus. Ob mit Klavier oder ohne. Lieber noch mit Klavier. Zumindest mein Mann hat so gedacht. Das neue Klavier kam aus Braunschweig, aus einer angesehenen Klavierfabrik, und der Kauf war für ihn eines seiner größten Vergnügen. Er hätte das Klavier am liebsten direkt ab Fabrik gekauft, was aber gegen die Gewerbeordnung verstieß. Schließlich ist ein Textilienhändler kein Musikalienhändler, und wenn ich das Klavier als Wareneinkauf verbucht hätte, hätten die Steuerprüfer sofort Bescheid gewusst. Ganz abgesehen davon, dass wir es dort hinstellen wollten, wo die Steuerprüfer die Unterlagen prüften. Also suchten mein Mann und ich einen Musikalienhändler auf und kauften das Klavier ganz ordnungsgemäß zum Einzelhandelspreis. Wie es sich gehört. Wir machten im Übrigen immer alles, wie es sich gehört, weil es so rechtens war und um ruhig schlafen zu können. Beziehungsweise um nicht noch unruhiger zu schlafen als ohnehin.

Erstens macht auch ein gut und korrekt geführtes Geschäft Sorgen, und zweitens habe ich schon lange keine Nacht mehr geschlafen, ohne nicht wenigstens einmal hochzuschrecken. Wie mein Mann auch. Der regelmäßig im Schlaf mit seiner rechten Hand nach mir suchte und dabei ins Leere griff und vor Schreck aufwachte, weil er in Wahrheit nur seinen Armstumpf bewegt hatte. Wir haben uns immer gegenseitig zu beruhigen versucht, aber wie kann man jemanden beruhigen, der auf diese Weise ins Leere greift.

*

Es wäre schnell alles erzählt. Noch bevor der Tag beginnt. Und wenn es nicht erzählt wird, dann kann es aufgeschrieben werden. Auf ein Blatt Papier. Ich habe es schon des Öfteren versucht, auch früher schon. Ich habe im kalten Wohnzimmer nicht nur die Buchführung gemacht, ich habe dort auch mehrmals versucht, alles aufzuschreiben. Nicht wie ein Schriftsteller, das hätte ich niemals gekonnt. Obwohl ich als Schülerin manchmal kleine Geschichten geschrieben habe, Tiergeschichten, von Pferden und Hunden zum Beispiel. Wir hatten auch selbst ein Pferd gehabt. Ein Arbeitspferd für die Landarbeit. Und einen Hund natürlich, einen Hofhund, der die meiste Zeit im Zwinger verbrachte. Was mir damals ganz normal vorkam. Heute erscheint es mir wie Tierquälerei. Meine Tiergeschichten handelten aber nicht von unserem Pferd und unserem Hund. Was hätte ich über die schon schreiben sollen? Ihnen ging es wie den Menschen, sie mussten arbeiten, um zu essen. Besonders das Pferd, das zog den Pflug. Oder den Pferdewagen mit irgendwelchen Lasten, die transportiert werden mussten. Kohlen, Rüben, je nachdem. Manchmal saßen auch einige von uns Kindern mit auf dem Pferdewagen, was dem Pferd nicht viel ausmachte. Auf ein paar Kinder mehr oder weniger kam es dem Tier nicht an. Der Hund, ein Schäferhund-Mischling, bewachte den Hof und schlug Alarm bei jedem Fremden, der sich näherte.

Ich hatte keinen engeren Kontakt zu unseren Tieren, das war nicht vorgesehen, so ein engerer Kontakt, und ich bin mir auch nicht sicher, ob die Tiere daran Interesse gehabt hätten. Sie waren einzig an unserem Vater interessiert. Obwohl sie von der Mutter gefüttert wurden, interessierten sie sich vor allem für den Vater. Wenn er sich dem Zwinger näherte und ein paar freundliche Worte zu dem Hund sprach, war der geradezu beseelt davon und drehte sich ein paar Mal um sich selbst, als würde er einen Tanz aufführen. Das Pferd drehte sich natürlich nicht um sich selbst, wenn der Vater den Stall betrat, aber es schnaubte und streckte dem Vater den Kopf und die Nüstern entgegen, um von ihm berührt und getätschelt zu werden. So eine kurze freundliche Berührung schien dem Pferd vollkommen zu genügen, um den ganzen Tag klaglos und dem Vater ergeben zu arbeiten. Aber das war auch schon alles, was es darüber zu erzählen gab.

Die Tiergeschichten, die ich schrieb, handelten von erfundenen Tieren, von Tieren, die sprechen konnten und denen ich meine Sorgen anvertraute. Sprechende Vögel zum Beispiel, die auf der Fensterbank saßen, oder ein sprechendes Reh, das ich heimlich im Wald traf, immer an der gleichen Stelle. Es waren Kindersorgen, es ging um die Grobheiten der Brüder, um Eifersüchteleien zwischen den Schwestern, um unerfüllte Wünsche, ein Fahrrad zum Beispiel, ich hatte mir so sehr ein Fahrrad gewünscht, ein Fahrrad ganz für mich allein, aber in einem Haushalt mit dreizehn Kindern hat man nie etwas ganz für sich allein, und beinahe alles, was wir besaßen, mussten wir miteinander teilen. Selbst Kleidungsstücke wechselten zwischen den Geschwistern hin und her, nur die Schuhe nicht. Darauf achteten meine Eltern, dass jeder seine eigenen Schuhe besaß und dass die Schuhe auch immer die richtige Größe hatten. Was keine Selbstverständlichkeit war bei so vielen Kindern, da musste beständig kontrolliert werden, damit man nicht aus den eigenen Schuhen herauswuchs und durch zu enge Schuhe seine Füße schädigte. »Achtet auf eure Schuhe!« war wohl eine der Mahnungen, die ich am häufigsten aus dem Munde der Eltern gehört hatte. Und die andere war: »Putzt eure Zähne.«

Woran ich mich auch gehalten habe, an den sorgsamen Umgang mit den eigenen Füßen und den eigenen Zähnen. Ich habe noch heute ein beinahe vollständiges Gebiss, und meine Füße sind zwar die Füße einer alten Frau, aber in gewisser Weise noch immer ansehnlich. Sogar mein Mann hat mir manchmal Komplimente wegen meiner Füße gemacht. Wer seine Füße schont, der verzichtet allerdings auf modische Schuhe, was in einem Geschäft für Damen- und Herrenoberbekleidung ein Problem gewesen wäre. Gut, dass wir nur Arbeitskleidung verkauften. Man kann ja seiner Kundschaft keinen eleganten Anzug oder ein Abendkleid empfehlen und dabei selbst unelegante oder gar klobige Schuhe tragen. Gesunde Schuhe wirken nun einmal so, weil sie wie der menschliche Fuß geformt und vorne breiter sind als hinten. Was ja auch vernünftig ist und eigentlich selbstverständlich sein sollte, dass die Schuhe sich nach den Füßen richten. Aber meistens ist es genau umgekehrt.

Darüber hatte ich mir schon als junges Mädchen Gedanken gemacht, weil ich mich so manches Mal für meine zwar fußgerechten, aber behäbig aussehenden Schuhe geschämt habe. Besonders während meiner Zeit als Telefonistin. Konnte ich hier doch bei den Kolleginnen täglich sehen, was junge Frauen für Schuhe trugen. Elegante schmale Schuhe für schlanke und nach vorn immer schmaler werdende Füße. In solche Schuhe hätten meine Füße niemals hineingepasst, sosehr ich meine Kolleginnen auch um ihre Schuhe beneidete. Das hätte ich regelrecht lernen müssen, solche Schuhe zu tragen, von Jugend an. Was in meinem Elternhaus völlig undenkbar war. Wenn ich hier etwas lernte, dann war es das Tragen von Gummistiefeln. Wobei meine Eltern sogar noch Holzschuhe trugen, die sie bei einem Holzschuhmacher in Kutno anfertigen ließen. Aber nur für sich, nicht für uns. Wir Kinder durften keine Holzschuhe tragen, wegen unserer jungen und noch im Wachstum befindlichen Füße. Und weil man in Holzschuhen nicht rennen konnte. Zum Glück.

Mahanas Mutter war in Stoffschuhen angereist, das war mir gleich im Treppenhaus aufgefallen, dass sie mit silbernen Fäden durchwirkte zierliche Stoffschuhe trug, leicht und zierlich wie Hausschuhe, obwohl sie doch eine so lange Reise hinter sich hatte. Aber das war vielleicht ebenfalls Tradition, diese zierlichen Schühchen. In solchen Schuhen wäre ich nicht mal um die Salinen gegangen. Was Mahanas Mutter allerdings auch nicht getan hat. Bei unseren Spaziergängen trug sie dunkelbraune lederne Damenschuhe, die nicht weiter auffielen. In diesen zierlichen silbern durchwirkten Stoffschühchen habe ich sie nach ihrer Ankunft kein zweites Mal mehr gesehen. Vielleicht hat sie die Schuhe für die Rückreise angezogen, was ich aber nicht bezeugen kann, da wir uns schon am Abend zuvor voneinander verabschiedet hatten.

Ich höre Geräusche im Treppenhaus. Schritte. Die Ersten verlassen ihre Wohnungen. Die ganz Frühen, von denen gibt es einige hier. Das sind die Pendler oder diejenigen, die Frühschichten haben. Mahanas Mann ist auch einer von den ganz Frühen. Wohl steht Mahana als Erste auf, aber ihr Mann verlässt als einer der Ersten das Haus. Wer mit Lebensmitteln handelt, muss früh aufstehen, das machen sich die meisten Kunden gar nicht klar, was so ein Händler alles schon getan haben muss, bevor er die erste Tomate oder das erste Lammkotelett über die Theke reicht.

Mir läuft die Zeit davon. Auch ich bin früh aufgestanden, auch ich muss mich ranhalten. Der Spiralblock liegt auf dem Tisch, ich werde nichts essen, aber mir einen Tee zubereiten. Heißes Wasser und ein Teebeutel, das genügt, das hat immer genügt. Wenn ich jetzt nicht alles aufschreibe, werde ich es wohl nie mehr tun. Wenn die Wohnung leer ist und mein Sohn nicht mehr im Nebenzimmer, kann ich alles nur noch mir selbst erzählen. Allein der Gedanke daran macht mir Angst. Vor meinem toten Sohn fürchte ich mich, ich gebe es zu, aber vor mir selbst habe ich regelrecht Angst. Vor dem, was ich zu sagen habe. Was ich mir zu sagen habe. Dabei ist es schnell erzählt. Dabei könnte es schnell erzählt sein, wie ich auf der Flucht zusammen mit meinem Mann kurz hinter der Stadt Konin von drei russischen Soldaten aus dem Treck geholt wurde. Warum, wusste ich nicht. Alle anderen aus unserem Treckabschnitt konnten ungehindert weiterziehen. Vielleicht weil ich eine junge Frau von dreiundzwanzig Jahren war und einen Mann hatte, der eine Armprothese trug. Wer eine Armprothese trug, machte sich verdächtig, Soldat gewesen zu sein. Das genügte offenbar: ein ehemaliger Wehrmachtsangehöriger und eine junge und hübsche Frau. Denn hübsch war ich, das sage ich ohne jede Eitelkeit. Nicht nur hübsch, sondern in gewisser Weise auch schön. Ich kann das deshalb ohne jede Eitelkeit sagen, weil von dieser ganzen Schönheit nicht mehr viel übrig geblieben ist und ich auf die junge schöne Frau von damals wie auf eine Fremde blicke. Von den Füßen einmal abgesehen, was aber ein wenig lächerlich ist, wenn man sich über den Verfall im Alter und über all das, was einem die Krankheiten im Laufe des Lebens angetan haben, mit seinen eigenen Füßen tröstet. In meinem Fall war es die linke Brust, die man mir abgenommen hatte, gleich nach der Diagnose. Es hätte aber genauso gut die rechte sein können. Vielleicht wäre es sogar besser gewesen, man hätte mir beide Brüste amputiert. Dann wäre alles im Gleichgewicht geblieben. Aber es gibt kein Gleichgewicht. Es läuft alles auf Zerstörung hinaus. Spätestens seit die drei Russen auftauchten, gab es kein Gleichgewicht mehr. Für mich nicht. Und für meinen Mann auch nicht. Über alle anderen will ich nicht sprechen, obwohl ich weiß, dass alles mit allem zusammenhängt. Alles Schlimme mit allem Schlimmen. Genauer kann ich es nicht ausdrücken. Ich hätte gern Deutsch und Geschichte studiert. Ich wäre gern Lehrerin geworden. Jetzt schreibe ich trotzdem alles auf. Das Wenige, was aber für mich alles ist. Auf einen Spiralblock. Mit einem billigen Kugelschreiber auf einen billigen Spiralblock, den ich nicht mal in einem Papierwarengeschäft gekauft habe, sondern in dem Lebensmittelgeschäft, wo ich regemäßig einkaufe und das vor einiger Zeit von Asiaten übernommen wurde, nachdem die deutschen Besitzer sich zur Ruhe gesetzt hatten.

Vietnamesen, vermute ich, aber man wagt ja nicht zu fragen. Die höflichsten Menschen, die man sich denken kann. Die mir gelegentlich meine Einkaufstüten nach Hause tragen, obwohl ich es auch selbst tun könnte. Einkaufstüten tragen macht mir nichts aus. Auch nicht zwei in jeder Hand. So weit ist die Zerstörung noch nicht fortgeschritten, dass ich meine Einkäufe nicht nach Hause bekäme. Aber die Vietnamesen lassen es nicht zu. Wenn ich mehr als zwei Tüten habe, übernehmen sie den Transport. So dass ich zumeist darauf achte, es bei zwei Tüten zu belassen. Denn so gut es auch gemeint ist, ich lasse mir ungern helfen. Es macht mich beklommen, wenn mir geholfen wird. Solange es nicht unbedingt nötig ist. Wie bei der mobilen Pflege. Das hatte ich eingesehen, dass das nötig war. Ich hätte meinen Sohn nicht eigenständig versorgen können, schon allein wegen seines Körpergewichts. Aber solange ich noch Tüten tragen kann, trage ich sie am liebsten selbst. In dem Lebensmittelladen der Vietnamesen gibt es auch Schreibwaren. Ein kleines Regal mit dem Nötigsten. Papier, Klebstoff, Stifte. Hier habe ich den Block gekauft und gleich mehrere Kugelschreiber. Im Fünfer-Pack. Man weiß ja nie.

Die drei Russen haben meinen Mann aus dem Treck geholt. Mit vorgehaltener Waffe. Und ich bin sogleich mitgegangen. Sie brauchten mich nicht eigens anzuschreien, mir auch nicht den Gewehrkolben in die Seite zu stoßen, wie sie es bei meinem Mann getan haben. Ich bin ganz dicht neben ihm gegangen, so dicht ich nur konnte, ohne aufzublicken, ohne die Soldaten auch nur anzuschauen, am liebsten hätte ich mein Gesicht verborgen. Aber das durfte ich nicht. Ich durfte auch nicht länger neben meinem Mann gehen. Sie rissen mich weg von ihm. Zwei von ihnen trieben meinen Mann vor sich her, und der dritte trieb mich vor sich her. Mit erhobenen Armen, die mir schwer wurden, die ich sinken ließ, nur wenige Zentimeter, um sie sogleich wieder zu heben, denn ich sah, wie sie meinen Mann vorwärtstrieben, nicht nur mit der Waffe im Anschlag, sondern auch mit Schlägen und Tritten, bis sie irgendwann hinter Buschwerk verschwanden und ich allein war mit dem Soldaten. Der mich nun ebenfalls mit Tritten und Stößen traktierte, wenn ich die erhobenen Hände auch nur wenige Zentimeter sinken ließ. Ich hatte nicht gewusst, wie schwer einem die eigenen Arme werden können. Ich sorgte mich um meinen Mann, mehr als um mich selbst, obwohl ich Todesangst hatte, aber Angst ist etwas anderes als Sorge. Ich hielt die Arme hoch, übertrieben hoch, und stolperte immer in Richtung eines Wäldchens, wohin die beiden anderen Soldaten auch meinen Mann getrieben hatten und worin sie allesamt verschwunden waren.

Ich war allein mit dem dritten Soldaten. Es war ein kalter Januartag, feuchte Kälte, Schneematsch gefror zwischen dürren Bäumen, vielleicht waren es Birken, ich glaube, ich kann mich an Birken erinnern, mehr Büsche als Bäume, und an Spuren im vereisten Schnee, wahrscheinlich von Rehen. Ich sehe sie noch immer vor mir, diese Spuren, sie waren direkt unter mir, vor meinen Augen, als ich plötzlich mit dem Kopf in den Schnee, den gefrorenen Schneematsch gedrückt wurde. Ich hatte Schnee im Mund, in den Augen und in der Nase, so dass ich wenig Luft bekam. Zugleich hörte ich Stimmen hinter mir, es mussten die beiden anderen Soldaten sein, sie waren offenbar zurückgekommen, dann hörte ich nichts mehr oder wollte nichts mehr hören, fühlte nur noch, wie sie an meinen Kleidern rissen, und dann diesen Schmerz, die Nässe, die Kälte und immer wieder den Schmerz.

Irgendwann ließen sie von mir ab, und das Erste, woran ich denken musste, war mein Mann. Ich hätte am liebsten nach ihm gerufen, aber mein noch immer in den gefrorenen Schnee gepresster Mund blieb stumm. Ich hoffte, dass sie meinen Mann weggeführt hatten, hinter ein Gebüsch, eine Wegbiegung. Als ich endlich mein Gesicht vom Boden löste und aufschaute, sah ich aus den Augenwinkeln, dass er nur einige Meter entfernt von mir stand. Ich wagte nicht, ihn direkt anzusehen, und sah auf seine erhobene linke Hand. Mein erster Gedanke war, dass die Russen ihn dafür bestrafen könnten, dass er nur eine Hand hochhob, dass sie ihm dies als Widerstandshaltung auslegten.

Aber die Russen interessierten sie nicht weiter für ihn. Sie beachteten ihn gar nicht mehr und auch mich nicht, nachdem ich mich aufgerichtet hatte, sondern zündeten sich jeder eine Zigarette an, rauchten und unterhielten sich. Ich weiß nicht worüber, ich verstand kein Russisch. Polnisch verstand ich, aber Russisch nicht oder nur wenige Worte.

Einer von ihnen schien der Vorgesetzte der beiden anderen zu sein. Er war etwas älter und eine Art Wortführer, er redete, und die beiden anderen nickten dazu. Ich habe sie nur wie Schemen wahrgenommen und mich nicht getraut, genauer hinzusehen. Ich habe nirgendwohin gesehen. Auch meinen Mann habe ich nicht angesehen. Stumm und blind stand ich in diesem Wäldchen in der Nähe von Konin im Schnee und wartete. Worauf ich wartete, weiß ich nicht. Dass ich aufwachte aus einem Alptraum? Nein, ich wusste, ich war wach und was ich erlebte, war real. Dass mein Mann endlich ein Wort an mich richtete oder gar zu mir ging und mich tröstete? Erst recht nicht. Ich wünschte es nicht und hoffte nicht, dass er auch nur die geringste Bewegung machte. Es wäre zu gefährlich gewesen. Er hätte sein Leben riskiert. Auch wenn die Soldaten auf beinahe gesellige Art miteinander plauderten und die Gewehre nicht mehr im Anschlag hielten.

Irgendwann verschärfte sich der Ton zwischen den dreien. Nun schien nicht mehr der Ältere der Wortführer zu sein, sondern die beiden Jüngeren. Sie redeten auf den Älteren ein, die Stimmen wurden lauter, bis es schien, dass sie sich einig geworden waren. Ich wusste sofort, worüber sie sich geeinigt hatten. Ich hatte keine Zweifel und wäre gern zu meinem Mann gegangen und er sicher auch zu mir. Aber wir wagten noch immer nicht, uns zu bewegen. Schließlich führte der Ältere uns ab, während die beiden anderen sich abwandten und Richtung Straße gingen, auf der der Treck unterwegs war. Vorher nahmen sie meinem Mann noch die Aktentasche weg, die er seit unserer Flucht bei sich gehabt hatte. Eine Reisetasche und einen Rucksack, in dem Kleidung, zwei Wolldecken und ein wenig Proviant waren, ließen sie uns, nachdem sie alles durchsucht hatten. Die Aktentasche war unser wertvollster Besitz, weil sie alle unsere Papiere enthielt: Familiendokumente,

Grundbucheinträge, Ausweise, Impfpapiere, zwei Sparbücher der Postsparkasse Kutno sowie Fotos von den Eltern, den Geschwistern, dem Wohnhaus, dem Hof und den Ställen, auf einigen waren auch das Pferd und der Hund zu sehen. Ich war gleich dagegen gewesen, dies alles in einer Aktentasche unterzubringen, ich hätte es lieber zwischen der Wäsche und den Decken sowohl im Rucksack als auch in der Reisetasche versteckt. Aber mein Mann hatte darauf bestanden, obwohl es unpraktisch für ihn war, mit einer Aktentasche in der Hand die Flucht anzutreten, er hatte schließlich nur eine einzige Hand zur Verfügung, und immer wenn er sie brauchte, klemmte er sich die Tasche unter die Achsel und presste sie an sich, um sie nicht zu verlieren. Mir überlassen wollte er die Tasche auch nicht. Er fühlte sich verantwortlich dafür, und ich hatte mich schließlich gefügt.

Der Soldat trieb uns vor sich her, und wir gehorchten. Ich ging neben meinem Mann, ohne unsere Habe und mit erhobenen Händen. Ich hätte gern seine Hand genommen oder wenigstens berührt, aber er ging links von mir, und ich hätte nur seine Prothesenhand zu fassen bekommen. Was mir aber trotzdem ein Trost gewesen wäre. Doch bei der kleinsten Bewegung auf meinen Mann zu brüllte der Soldat mit wütender Stimme los. Ich verstand nicht, was er brüllte, aber ich wusste, dass es so etwas wie »Abstand!« hieß. Ich rückte von meinem Mann ab, der nun seinerseits versuchte, dichter neben mir zu gehen, und von dem Soldaten an der Schulter gepackt und zur Seite gerissen wurde, so dass ein größerer Abstand zwischen uns entstand. Zu groß, um ihm etwas zuflüstern oder ihn auch nur berühren zu können.

Der Soldat trieb uns weiter in das Wäldchen hinein, es ging ein wenig bergab, in eine Art Senke, hier lag mehr Schnee als an der Stelle, an der sie über mich hergefallen waren. Weißer, unberührter, nicht gefrorener Schnee. Meine Füße sanken ein, während ich vorwärts ging, und ich sah, dass auch mein Mann mit dem tiefer werdenden Schnee zu kämpfen hatte. An der tiefsten Stelle der Senke schrie der Soldat wieder einen Befehl, ich verstand ihn nicht, aber ich wusste, was uns erwartete. Ich hätte alles darum gegeben, meinen Mann noch einmal berühren zu dürfen, aber wir waren zu weit entfernt voneinander. Ich sah, dass mein Mann sich hinkniete, in einigem Abstand von mir, und auch ich kniete mich hin, dazu brauchte es keinen weiteren Befehl. Ich dachte daran, jetzt zu beten, ich war religiös erzogen worden, auch wenn ich mir nicht sicher war, ob es wirklich einen Gott gab, der meine Gebete erhörte, so habe ich doch von Kindheit an gebetet, das Mittagsgebet bei Tisch und das Abendgebet vor dem Schlafengehen. Das Morgengebet hatte ich ausgelassen, und auch meine Eltern hatten nicht darauf bestanden, dass wir vor dem Frühstück beteten. Doch bevor ich die Worte »Lieber Gott« auch nur denken, geschweige denn flüstern konnte, ertönten zwei Schüsse.

Der eine Schuss hatte meinem Mann gegolten und der zweite mir. Aber wir waren nicht getroffen. Ich harrte noch immer im Schnee aus, und ich sah, dass auch mein

Mann reglos auf dem Boden kniete, bis der Soldat einen weiteren Befehl rief, den ich auch sogleich zu verstehen glaubte: »Verschwindet!« Es war nicht das Wort, aber der Tonfall, der mich sicher sein ließ, den Soldaten zu verstehen. Ich wagte trotzdem nicht, mich zu erheben oder mich auch nur nach dem Soldaten umzusehen, und auch mein Mann verharrte weiter im Schnee. Ich kann mich nicht daran erinnern, wie lange wir dort noch im Schnee knieten, wenige Sekunden vielleicht, doch zugleich endlos lange, vielleicht hatte der Soldat doch nicht »Verschwindet!« gerufen, oder er wollte uns in die Irre führen, uns quälen und nur glauben machen, dass er uns verschonte. Ich wusste nicht, was wir tun sollten, und mein Mann wusste es offenbar auch nicht, bis er sich schließlich, noch immer auf Knien, nach dem Soldaten umwandte und dann zu mir sagte: »Er ist weg.« Jetzt drehte auch ich mich um. Es war niemand mehr zu sehen. Wir standen auf und umarmten uns. Vorsichtig und zögerlich. Mein Mann war zögerlich, und ich war es ebenfalls.

Man muss alles aussprechen. Oder aufschreiben. Ich schreibe alles auf. Schreiben ist fast wie sprechen. Ich schreibe mit einem billigen Kugelschreiber, auf den Kugelschreiber kommt es nicht an, ich habe ein halbes Dutzend davon. Wir umarmten uns. Oder um die Wahrheit zu sagen: Wir versuchten, uns zu umarmen. Wir versuchten, uns zu umarmen, und spürten beide eine große Befangenheit dabei. Die sicherlich dem Schock zu verdanken war, der Todesangst, wir waren ja gerade erst einer Erschießung entgangen. Aber, auch das muss ich sagen, diese Befangenheit ist geblieben. Obwohl mein Mann und ich uns seit diesem Ereignis näher denn je waren, geradezu miteinander verschweißt, sind wir uns seit diesem Tag im Januar 1945 zugleich auf schmerzliche Weise fremd geworden, um nicht zu sagen: verloren gegangen. Miteinander verschweißt und füreinander verloren. Wir haben es beide gespürt und nie darüber gesprochen. Weder damals noch später. Man kann nicht alles aussprechen.

Wir versuchten uns zu umarmen, zitternd, frierend, dankbar dafür, dass wir noch lebten, und zugleich voller Angst, dass die Soldaten zurückkommen könnten. Noch einmal würde der Soldat uns nicht verschonen. Der gute Soldat, der Vergewaltiger, der uns nicht umgebracht, sondern in die Luft geschossen hatte und demgegenüber ich jetzt Dankbarkeitsgefühle verspürte. Wir wollten auf Umwegen und unter Vermeidung größerer Straßen zurück Richtung Konin gehen und uns einem neuen Treck anschließen, falls es noch einen weiteren Treck gab. Wir wussten es nicht, und wir durften auf keinen Fall weiteren Russen begegnen. Zugleich mussten wir die Nähe von polnischen Bauernhöfen suchen, weil wir zu essen brauchten und einen Schlafplatz. Und wenn es nur eine Scheune oder ein Unterstand für Kühe oder Schafe war. Alles war besser als der gefrorene Schnee. Wir irrten ungefähr eine Woche in den Wäldern und zwischen den Feldern umher und trauten uns nicht, der Stadt Konin allzu nahe zu kommen. Mit den Bauern hatten wir Glück, einige ließen uns in ihren Scheunen schlafen und gaben uns auch zu essen, wollten aber, dass wir am nächsten Morgen verschwanden, so dass wir weiterziehen mussten.

Von einem der Bauern erfuhren wir, dass die Russen inzwischen Konin vollständig eingenommen hatten und keine weiteren Trecks aus der Stadt hinausgingen. Wir wussten nicht wohin, hielten uns nur im Schutz der Wälder auf und wurden von Tag zu Tag erschöpfter, so dass wir beinahe dankbar waren, als wir von einer polnischen Polizeistreife aufgegriffen wurden, die uns in ein Gefängnis brachte. Mehr ein Lager als ein Gefängnis. Unser Leben war hier offenbar nicht bedroht, aber der Grund unserer Festsetzung war uns auch nicht bekannt. Einmal mehr erregte mein Mann Verdacht wegen seiner Armprothese, es wurde sogar gegen ihn ermittelt, man war auf der Suche nach Nazis und Kriegsverbrechern, aber nicht unbedingt darauf aus, sich an Menschen zu rächen, nur weil sie Deutsche und auf der Flucht waren. Man fand nichts Belastendes, schließlich erhielten wir sogar so etwas wie Ersatzpapiere, wir waren ja schließlich registriert gewesen in unserem Heimatort, und man brachte uns auf einem Lastwagen zusammen mit anderen zu einer Sammelstelle, von wo es in einem kleineren Treck, eher einer treckähnlichen Kolonne, weiter Richtung Posen ging.

In Posen hatten wir endlich ein wenig Ruhe. Wenigstens für einen Tag und eine Nacht hatten wir in einem Kasernengebäude, das Flüchtlingen zur Verfügung gestellt wurde, ein Zimmer für uns und konnten uns waschen und warme Mahlzeiten zu uns nehmen. Es war ein Zimmer mit mehreren Stockbetten, das wir aber allein nutzen konnten, unsere Vorgänger waren offenbar bereits weitergezogen. Das Zimmer war sogar geheizt, und die Matratzen und Wolldecken waren mit Laken bezogen. Wir konnten uns endlich ausruhen und uns umeinander kümmern, und wir bemühten uns, einander den Schrecken, der uns noch immer beherrschte und uns in den Knochen saß, nicht allzu sehr spüren zu lassen.

Und nicht nur das. Ich tat alles, um meinen Mann dazu zu bringen, mit mir zu schlafen. Die Gelegenheit war günstig, was den Raum anging. Mir war nicht nach einer Liebesnacht zumute, aber ich wollte es unbedingt, weil ich Angst vor einer Schwangerschaft hatte. Ich war jung, drei Männer waren über mich hergefallen, alles war feucht gewesen danach. Jetzt wünschte ich mir, dass mein Mann mit mir schlief und sich in mir ergoss. Ich muss es so deutlich sagen. Falls ich schwanger werden sollte, würde auch er der Vater sein können. Aber das sagte ich ihm nicht, als ich mich in der Nacht zu ihm in eines der Stockbetten legte. Ich sagte ihm gar nichts. Ich versuchte, ihn zu verführen. Seit dem Beginn der Flucht waren wir uns körperlich nicht mehr nahe gewesen, hatten uns allenfalls in unserer Winterkleidung aneinandergeschmiegt während des Trecks und danach in den Wäldern oder auf dem freien Feld. Jetzt konnten wir Haut an Haut beieinanderliegen wie ganz normale

Eheleute, wie ein Liebespaar. Allerdings kannte mein Mann mich nicht als Verführerin. Ich war eher scheu. Nicht ohne Leidenschaft, aber scheu. Und er war immerhin zehn Jahre älter als ich und mein erster Mann. Also war meine Scheu ganz normal gewesen und wohl auch meine Auffassung, dass in der Liebe die Wünsche des Mannes Vorrang hatten. Jetzt aber war ich diejenige, die sich etwas wünschte. Was beinahe zu einem Streit geführt hätte, denn so hatte mich mein Mann noch nie erlebt, so aktiv und ihn geradezu bedrängend, und das nach allem, was uns geschehen war. Fast hätte er mich zurück in mein Bett geschickt, wenn mir nicht irgendwann die Tränen gekommen wären, so dass wir uns wieder aneinanderschmiegten, längere Zeit und ohne zu sprechen, bis es beinahe von selbst geschah, dass er in mich eindrang.

*

Nach wenigen Wochen wusste ich, dass ich schwanger war, und nach neun Monaten brachte ich einen Sohn zur Welt. So einfach ist das. Und so schnell erzählt. Eine Abtreibung wäre für mich nicht in Frage gekommen. In keinem Fall. Und schon gar nicht nach der Nacht mit meinem Mann. Und wo hätte ich diese auch vornehmen lassen sollen? In Posen, im Kasernengebäude? Das hatten wir schnell wieder verlassen müssen, um dann noch längere Zeit unterwegs zu sein. Wir hielten uns in immer neuen provisorischen Unterkünften auf, bis uns schließlich unser neuer Heimatort zugewiesen wurde, wo wir uns ohne jegliche Habe und in Erwartung eines Kindes einrichteten.

Jede Mutter liebt ihr Kind. Auch ich habe meines geliebt und ihm womöglich doch Unrecht getan, weil ich mir niemals ganz sicher war, wer es letztlich gezeugt hatte. Manchmal, ich gebe es zu, sah ich ein Russenkind in ihm, und dann war es wieder ganz das Kind meines Mannes. Es war dunkelblond, hatte einen blassen Teint, ganz wie mein Mann, aber wie unzählige andere Männer auch. Den vollen Mund, die hohe Stirn und den grünen Schimmer in den eigentlich blauen Augen hatte es von mir. Alles in allem war es ein unauffälliges Kind, durchaus hübsch, aber unauffällig. Niemand wäre je auf die Idee gekommen, dass wir nicht die gemeinsamen Eltern des Kindes waren. Wir hatten es Johannes getauft, nach meinem Vater. Mein Mann und ich haben solchen Zweifel nicht zugelassen. Nicht uns selbst gegenüber und auch nicht gegenüber dem Kind. Nicht zulassen wollen. Dass dieser Zweifel trotzdem in uns nagte – heute kann ich es aussprechen. Und dass ich mir immer wieder sagte, wenn ich in Johannes so manches Mal und ganz gegen meinen Willen das Russenkind erblickte, dass er ja trotzdem mein Kind war. Mein eigen Fleisch und Blut. Und dass alles andere meiner Liebe zu ihm doch keinen Abbruch tun dürfte. Was aber nicht der Wahrheit entsprach. Es tat meiner Liebe einen Abbruch. Ganz plötzlich konnte meine Liebe ins Rutschen geraten. Rutschte in die Hölle von Konin. Alles war wieder da, wenn ich das Kind betrachtete: die

Kälte, der gefrorene Schnee, das dürre Birkenwäldchen und schließlich mein Mann, der, von einer Waffe bedroht und mit erhobener linker Hand, alles mit ansehen musste, die ganze Untat, was mir die größte Scham bereitete. Eine Scham, die mein ganzes zukünftiges Leben vorhalten sollte. Wenn ich die Tür zum Krankenzimmer, das jetzt ein Totenzimmer ist, nicht geschlossen hätte, dann würde ich auch jetzt noch vor Scham innehalten. Als müsste ich mich auch noch vor dem Toten verbergen. So wie ich mich vor meinem Mann verborgen habe und er sich zugleich vor mir. Zwei Beschämte, die nicht mehr zueinanderfanden und auch durch das gemeinsame Kind nicht erlöst werden sollten, weil es vielleicht gar kein gemeinsames war.

Ein einziges Mal hat mein Mann den Versuch unternommen, mich zu einer erbbiologischen Untersuchung zu überreden. Ich habe erst geschwiegen und dann nur ein einziges Wort dazu gesagt: »Nein.« Was niemals vorgekommen ist, in unserer ganzen Ehe, ein solches Nein aus meinem Mund. Natürlich hätte ich gern gewusst, ob Johannes unser gemeinsames Kind ist. Aber ich hätte auf keinen Fall wissen wollen, dass er es nicht ist. Mein Mann hat das Thema nie wieder berührt. Ebenso wenig wie ich. Auch wenn wir beide unter unseren Zweifeln litten, die nicht nur an uns nagten, sondern uns bisweilen aufzufressen drohten. Manchmal denke ich, sie haben auch meine Brust aufgefressen.

Letztlich half nur die Arbeit, die Sorgen und Mühen des täglichen Lebens, und natürlich halfen auch die schönen Momente. Als das Klavier geliefert wurde zum Beispiel, da war unser Sohn ganz und gar unser Sohn. Da gab es auch nicht den geringsten Zweifel. Obwohl das Klavier dann nicht sein Instrument wurde. Trotz seiner Klavierspielerhände hat er es darauf zu nichts gebracht. Am Ende stand das teure Instrument unbenutzt im kalten Wohnzimmer. Wir haben es trotzig weiterhin stimmen lassen, bis wir es irgendwann aufgaben. Wozu sollte es gut sein, wenn Johannes doch lieber Schallplatten auflegte, als selbst Musik zu machen. Wenn er seine Freizeit lieber mit der Musik von Elvis Presley und solchen Leuten verbrachte. Deren Schallplatten er samt dem Plattenspieler hinaustrug in die Natur. In den Stadtpark, die Hallenbadruine oder in die Bruchlandschaft außerhalb unseres Ortes. Und dort so lange diese Musik hörte, bis die Batterien verbraucht waren. Was nicht allzu lange dauerte und meinen Mann manchmal zu bissigen Bemerkungen veranlasste, dieser hohe Verbrauch an Batterien. Aber er wagte es nicht, allzu streng mit Johannes zu sein. Wie konnte er streng gegen einen Sohn sein, von dem er nicht wusste, ob er sein eigen Fleisch und Blut war. Also beschränkte er sich auf ein paar bissige Bemerkungen und schwieg ansonsten. Wie ich auch. Was sollten wir auch dazu sagen, zu Elvis Presley?

Als Johannes älter wurde, wandte er sich ohnehin von dieser Art Musik ab und begann, sich für ernste Musik zu interessieren. Wogegen ich nichts hatte, im Gegenteil, obwohl es mich gelegentlich überforderte, wenn er mir Schallplatten schenkte, was er als erwachsener Mensch regelmäßig getan hat. Verdi, den kannte ich, genauso wie die Callas. Solche Sachen machten auch mir Freude. Aber irgendwann entdeckte er Schostakowitsch für sich, den ich nicht kannte oder allenfalls dem Namen nach. Vielleicht hatte ich auch den Namen zum ersten Mal aus Johannes' Mund gehört. Besonders Schostakowitschs Streichquartette hatten es ihm angetan, er besaß verschiedene Aufnahmen davon. Historische Aufnahmen, moderne Aufnahmen und auch ganz neue, die gerade erst in den Handel gekommen waren und von denen er mir begeistert berichtete. Dank seiner Musikbegeisterung verfüge ich ebenfalls über eine ansehnliche Plattensammlung. Bach, Beethoven, Mozart, Brahms, Verdi, Wagner. Und Schostakowitsch. Die Streichquartette besitze ich komplett, auf mehreren Schallplatten. Alles Geschenke von Johannes. Die Platten haben ein eigenes Fach im Wohnzimmerschrank. Ich habe sie mir, um ehrlich zu sein, niemals vollständig angehört. Weder die Schostakowitsch-Platten noch die meisten anderen. Auch Verdi und auch die Callas nicht. Mir genügte es, ab und zu das Radio einzuschalten, in der Küche, beim Kochen. Das Hören von Schallplatten strengte mich an, das Radiohören entspannte mich. Was ich Johannes aber nicht wissen ließ. Ich freute mich über sein Musikinteresse. Und wenn er zu Besuch kam, ließ ich wie zufällig irgendeine der Platten laufen, was ihn immer freute. Aber auch anstachelte, mich an seiner Schostakowitsch-Begeisterung teilhaben zu lassen.

Die ich nicht teilte, nicht etwa, weil ich etwas gegen Schostakowitsch hatte. Dazu war ich gar nicht fähig, es fehlte mir schlicht die Bildung. So etwas erwarb man in der Familie oder auf dem Gymnasium, auf das ich auch gern gegangen wäre. Aber dazu war es nach dem Krieg zu spät gewesen.

Ich war mit Kirchenliedern und dem Posaunenchor aufgewachsen, in dem zwei meiner Brüder gespielt hatten. Die Kirchenlieder waren mir nach dem Krieg verloren gegangen, auch wenn ich noch immer in die Kirche ging. Ich ging in die Kirche, aber ich sang nicht mehr mit und betete auch nicht mehr. Ich saß auf der Kirchenbank, senkte den Kopf, schloss die Augen und ließ die anderen singen und beten. So mache ich es auch heute noch, wenn ich einen Gottesdienst besuche. Jeder muss auf seine Weise dafür sorgen, wie er mit seinem Glauben zurechtkommt. Ich falte meine Hände, aber ich bete nicht. Obwohl ich mich manchmal frage, ob Gott uns damals davor bewahrt hat, erschossen zu werden. Und ob ich ihm dafür dankbar sein müsste. Doch wenn er uns davor bewahrt hat, hätte er uns dann nicht auch vor allem anderen bewahren können? Am Ende haben wir wohl doch nur dem russischen Soldaten unser Leben zu verdanken, der plötzlich Skrupel hatte oder Mitleid. Und darum in die Luft schoss statt auf uns. Ein guter Russe. Ein guter Vergewaltiger. Was soll ich darüber sagen? Was hätte ich darüber sagen können in den ganzen Jahren, die seitdem vergangen sind? Ich weiß es nicht. Ich wusste es noch nie. Also habe ich geschwiegen. Wie mein Mann auch. Wir haben das, was wir miteinander erlebt haben, nicht nur vor allen anderen, sondern auch vor uns selbst verschwiegen. Als wären wir beide nicht dabei gewesen, bei unserem eigenen Unglück. Aber ich habe dem Glauben trotzdem nicht abgeschworen, das könnte ich gar nicht. Nur auf das Beten verzichte ich. Es würde mir nicht helfen. Auch die Musik hilft mir nicht. Schostakowitsch schon gar nicht, was mir manchmal leidtut, um meines Sohnes willen, mit seiner Liebe für die Streichquartette. Wofür mir aber die Bildung fehlte, für so eine Liebe. Bald wird es hell sein. Bald wird der Buchfink singen.

*

Das Geschriebene ist unleserlich. Vielleicht hätte ich besser einen Füllfederhalter benutzt als diese Kugelschreiber aus dem kleinen Lebensmittelladen. Im Fünfer-Pack. Ich besitze sogar einen Füllfederhalter, der meinem Mann gehörte. Für das Wenige, was er mit der Hand geschrieben hat, hatte er sich eigens einen Füllfederhalter angeschafft. Keinen für Schüler, sondern einen für Chefs. Er war ja auch ein Chef, er ging nie ohne Krawatte aus dem Haus und war auch im Geschäft immer bestens gekleidet. Selbst wenn er nur einen Kissenbezug oder eine Schlosserjacke verkaufte, tat er es mit dem ganzen Einsatz seiner Person und mit dem größten Respekt vor den Kunden. Der Kunde ist unsere Existenzsicherung, sagte er immer, ohne den Kunden wären wir nichts. Und wer heute nur einen Kissenbezug oder ein Paar Arbeitshandschuhe kauft, der kauft morgen vielleicht die komplette Aussteuer für die Tochter oder einen ganzen Satz Arbeitsjacken und Arbeitshosen für die Mitarbeiter des eigenen Betriebs. Was auch des Öfteren vorgekommen ist, solche Großeinkäufe von Firmeninhabern. Die sich nur der respektvollen und überaus höflichen Art, wie mein Mann die Kunden bediente, verdankten. Woran ich mir natürlich ein Vorbild genommen habe, was mir aber niemals ganz gelungen ist, da ich schon immer und seit dem Krieg erst recht ein furchtsamer Mensch war.

Das beste Mittel gegen die Angst sei ein eigenes Haus, hat mein Mann gesagt. Für mich war es das nicht. Ich fürchtete mich auf dem Dachboden, ich fürchtete mich in den Kellerräumen, und in Wahrheit fürchtete ich mich auch im Geschäft. In so ein Ladengeschäft kann jeder hereinkommen, das ist ja schließlich der Sinn eines Ladens, dass er für jedermann geöffnet ist, keiner wird abgewiesen. Das Ladengeschäft war aber ein Teil unseres Wohnhauses, und wer den Laden betrat, der betrat unser Wohnhaus. Der brauchte nur seitlich an der Theke vorbei und durch das Lager zu gehen, und schon befand er sich auf dem Flur, von wo es einerseits in die Wohnküche und andererseits hinauf in den ersten Stock in das kalte Wohnzimmer, das Kinderzimmer und in unser Schlafzimmer ging. Wer es darauf anlegte, war in ein, zwei Minuten in unserem Schlafzimmer. Er brauchte nur den Laden zu betreten und ein paar Schritte zu machen, und schon war er mitten in unserem Leben. Was mich immer geängstigt hatte, so ein offenes Haus, was ich aber meinen Mann niemals wissen und hoffentlich auch nicht spüren ließ. So ein starker Mann wie er war, mit Mantel und Hut, Anzug und Krawatte und den festen und unverwüstlichen Lederschuhen vom besten Schuhmacher des Ortes. Gestern noch ein Vertriebener und heute schon ein Chef und Geschäftsmann. Ein großer, starker Mann, vom fehlenden Arm einmal abgesehen, und ich seine kleine, furchtsame Frau. Das hätte ich ihm niemals zumuten wollen, so eine kleine, furchtsame Frau an seiner Seite. Aber es half nichts. Die offene Ladentür hat mich zeitlebens beunruhigt. Einschließlich der Ladenklingel, die auch im Lager und in der Wohnküche zu hören war. Für meinen Mann war die Ladenklingel eine Art Freudenlaut. Ein Kunde! Umsatz! Für mich war sie eher ein Warnlaut. Achtung! Jemand hat das Haus betreten! Wobei ich mich nicht vor Ladendieben fürchtete. Wir hatten ja schließlich kein Juweliergeschäft und auch nie viel Bargeld in der Ladenkasse. Größere Beträge wurden sogleich herausgenommen und in einer speziellen Kassette aufbewahrt.

Ich weiß nicht, wovor ich mich fürchtete, es ist ja letztlich auch nie etwas vorgefallen in unserem Ladengeschäft. Kein Einbruch, kein Überfall, nichts. Wer stiehlt schon Bettwäsche oder Arbeitskleidung. Ich weiß nur, dass mich in Konin auch ein Ehemann mit zwei gesunden Armen nicht hätte beschützen können. Das war die Realität. Man muss alles aussprechen. Und wenn man es nicht aussprechen kann, dann muss man es aufschreiben. Ich habe alles aufgeschrieben. Auch wenn die Hand zittert. Auch wenn es nur ein paar Seiten in meinem Spiralblock sind.

*

Es ist fast hell. Ich sollte die Vorhänge zuziehen. Eine Fristverlängerung. Aber ich darf es nicht. Die Toten muss man gehen lassen. Wenn es hell ist, rufe ich den Arzt an. Und vorher räume ich auf. Dabei gibt es gar nichts aufzuräumen. Ich könnte die Schallplatten sortieren. Alphabetisch. Beethoven, Schostakowitsch, Verdi. Aber für wen und warum? Oder mich um die Schubladen mit den Papieren kümmern. In die ich schon lange nicht mehr hineingesehen habe. Der einzige Ort, an dem in meiner Wohnung Unordnung herrscht, sind die Schubladen mit den Papieren. Wobei die wichtigsten Papiere ohnehin in der Aktentasche waren und für immer verloren sind: unsere Geburtsurkunden, die Heiratsurkunde, das Postsparbuch. Alles andere ist erst nach dem Krieg hinzugekommen: Geschäftspapiere, Versicherungspolicen, medizinische Unterlagen wegen meiner Operationen, die Korrespondenzen wegen des Lastenausgleichs, der im Übrigen mangels entsprechender Belege nie bewilligt wurde. Solche Papiere. Und all das, was mein Bruder Wilhelm zusammengetragen hat, nachdem er aus der Kriegsgefangenschaft zurückgekehrt war. Der gutaussehende Kradfahrer, der nach der Gefangenschaft nicht mehr gutaussehend war, sondern einen zerfurchten und gealterten Eindruck machte. Und der sich, nachdem er sich wieder einigermaßen zurechtgefunden hatte und irgendwann sogar eine gutgehende Autowerkstatt betrieb, der Familienforschung zuwandte und mich mit allen möglichen Broschüren und Materialien versorgte. Landkarten mit unserem Dorf darauf. Adressenverzeichnisse mit unserem Namen darin. Grundrisse von Häusern und Höfen. Ich wollte diese Broschüren und Materialien nicht, hatte aber nicht den Mut, ihm zu sagen, dass seine ganze Familienforschung nur meine Schubladen verstopfte. Zumal er Kontakt mit anderen Familienforschern aufgenommen hatte, die aus den Nachbardörfern oder aus Kutno stammten und die wiederum weitere Kontakte hatten und sich gegenseitig mit allen möglichen Dokumenten und privaten Erinnerungen und Aufzeichnungen über das damalige Leben in Polen versorgten. Offenbar brauchte Wilhelm das. Ich brauchte es nicht. Im Gegenteil. Es half mir nicht weiter, wenn ich nachlesen konnte, an welchem Tag in der Woche der Posaunenchor geübt hatte. Und wie der Pastor der Kirchengemeinde geheißen hatte. Und wann dieser Pastor sein Amt aus Altersgründen seinem Nachfolger übergeben hatte. Und wie viele Kühe im Stall unseres Nachbarn gestanden hatten. Und welches Gemüse in welchem Garten wuchs. Wir waren ohnehin alle gleich arm gewesen. Die meisten dieser Dokumente und Materialien legte ich ungelesen in einem Aktenschrank ab. Und verwahre sie bis heute in einer Kommode, weil ich es nicht gewagt hatte, sie zu entsorgen. Aus Rücksicht auf Wilhelm, der schon viele Jahre nicht mehr lebt. Aber ich nehme noch immer Rücksicht auf ihn. Zwei Schubladen voller Broschüren, voller Pläne, Ortschroniken, Einwohnerverzeichnissen, hand- und maschinengeschriebenen Erinnerungen und anderes mehr. Zwei Schubladen voller Rücksicht, die ich irgendwann ausleeren sollte. Es gibt nichts zu erforschen. Es steht alles auf dem Spiralblock.

Ich könnte die Bilder abstauben. Es sind ohnehin nur wenige. Die spielenden Fohlen hier im Wohnzimmer. Das Schutzengelbild. Das Schutzengelbild hängt über dem Bett, in dem jetzt der Leichnam meines Sohnes liegt. Wir haben das Schutzengelbild nach dem Krieg gekauft. Zusammen mit den Möbeln für das Schlafzimmer. Im selben Geschäft. Damals konnte man beim Möbelhändler auch gleich die passenden Bilder zu den Möbeln kaufen. Sonnenaufgang mit Alpenpanorama, Hirsch im Morgennebel, ein Bauer mit Pflug und schließlich die Schutzengelbilder, von denen wir dann eines gekauft haben. Für das Schlafzimmer unseres Sohnes. Die Betenden Hände von Dürer sind später hinzugekommen. Das Schutzengelbild blieb im Kinderzimmer, bis unser Sohn es irgendwann nicht mehr haben wollte und stattdessen Fotos von Musikern und Sängern in bunten Hemden und mit langen Haaren an die Wand heftete.

Wir haben es ihm gegönnt, auch wenn wir nichts davon verstanden. Wir haben ihm ja auch seinen tragbaren Plattenspieler gegönnt. Mein Mann vielleicht weniger, aber ich schon. Das Schutzengelbild, auf dem ein Engel zwei Kinder über einen steilen Gebirgspfad führt, haben wir ins Elternschlafzimmer gehängt. Warum auch nicht. Sind wir nicht auch über einen steilen Gebirgspfad gegangen? Wobei mein Mann keinen Sinn für solche Dinge hatte. Weder für Schutzengelbilder noch für Dürers Betende Hände, die ich im Wohnzimmer aufhängte, gleich neben dem Klavier. Ein unscheinbarer kleinformatiger Druck, aber gerahmt, ich weiß gar nicht, ob mein Mann sich diesen Druck jemals genauer angesehen hat. Ich war froh, dass die Betenden Hände dort hingen, sie beteten sozusagen für mich und statt meiner. Mir gefiel der künstlerische Ausdruck, soweit ich das beurteilen kann, zwei Hände, die sich an den Handflächen berühren, vorsichtig, schwebend, schlank wie Klavierspielerhände.

Aber das war auch schon alles. Das war die ganze Kunst. Irgendwann kam noch die Vogeluhr hinzu. Ein Plakat hinter Glas. Nichts Wertvolles. Kitsch, würde mein Sohn sagen. Es ist hell draußen, fast lichter Tag. Es ist höchste Zeit für den Buchfink. Jetzt rufe ich an.